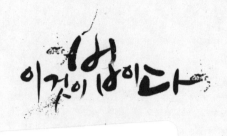

이것이 법이다 183

2024년 5월 23일 초판 1쇄 인쇄
2024년 5월 28일 초판 1쇄 발행

지은이 자카예프
발행인 김관영

기획 박경무 강민구 임동관 조익현 최시준 신정윤
책임편집 최전경
마케팅지원 유형일 장민정

발행처 (주)로크미디어
출판등록 2003년 3월 24일
주소 서울시 마포구 마포대로 45 일진빌딩 6층
Tel (02)3273-5135 **Fax** (02)3273-5134
홈페이지 rokmedia.com **E-mail** rokmedia@empas.com

ⓒ 자카예프, 2015

값 9,000원

ISBN 979-11-408-2121-1 (183권)
ISBN 979-11-255-9575-5 04810 (세트)

이것이 법이다

183

자카예프 장편소설

ROK MEDIA
로크미디어

이 소설은 픽션입니다.
등장하는 인물 및 지명 등은 현실과 연관이 없습니다.
또한 소설 내에 나오는 법이나 법리 해석의 경우에도 대중문학의 극적 전개를 위하여 일부분 과장되거나 변형된 것이 존재하니 실제 법과 혼동하지 않으시길 바랍니다.

CONTENTS

국가의 전쟁, 개인의 전쟁

노형진은 바로 사무실로 돌아왔다.

그러고는 새론의 사람들을 모아 놓고 이야기를 시작했다.

"일본의 오염수 방류 문제와 중국의 압력 문제를 한꺼번에 해결해야 할 것 같은데요?"

"척 들어 봐도 비공식적인 의뢰군."

"네, 맞습니다. 이건 공식적으로 의뢰하면 여러모로 복잡해지니까요."

"끄응."

김성식은 노형진의 말에 머리부터 부여잡았다. 이게 쉬운 문제가 아니라는 건 너무나 쉽게 알 수 있었기 때문이다.

"일단 한국이 일본의 오염수 방류 문제를 반대하는 거야 뭐, 상식 아닌가요? 그걸 왜 비공식적으로 이야기해요?"

　김성식이 고민하자 서세영이 고개를 갸웃하면서 물었다.

　그녀 입장에서는 이해가 가지 않는 말이었으니까.

　"반대하는 것과 저지하는 건 의미가 전혀 다르거든."

　"네?"

　"오염수 방류라는 행위는 말이야, 국가의 선택이고 행위야. 문제는 그걸 누가 막느냐는 거지."

　"누가 막는데요?"

　"그게 문제야. 다른 국가가 그 행동을 막을 수 있을 만한 이유가 전혀 없단 말이지."

　타국에서 한 행동을 이쪽에서 막기 위해서는 그에 걸맞은 이유가 있어야 한다.

　그런데 그런 그 걸맞은 이유라는 건 거의 대부분 전쟁이라도 불사할 정도의 행위를 의미한다.

　"예를 들면, 지금 중국에서 동남아 국가를 조지는 방법이 뭔지 알아?"

　"조진다고요?"

　"그래. 널리 알려지지 않았을 뿐이지, 의외로 유명한 방법이야."

　"뭔데요?"

　"댐이야."

　"댐?"

"그래, 중국에서 동남아 국가로 흘러가는 강이 한둘이 아니거든."

그러나 그 동남아 국가로 흐르는 강들에 댐을 만들어서 올리면 강의 수량이 확 줄어서 말라 버리고 원하면 언제든 그걸 닫아서 숨통을 조일 수 있다.

사람은 물이 없으면 살 수가 없듯이 국가도 물이 없으면 살 수가 없다. 물이 없으면 기반 시설이 굴러가는 건 둘째 치고 당장 농사를 지을 수가 없고 농사를 짓지 못하면 국가의 존립이 위태롭다.

"반대로 그걸 이용해서 무기화할 수도 있지."

예를 들어 어마어마한 물을 가두어 뒀다가 그걸 터트림으로써 상대방 도시를 날려 버린다거나 하는 식으로 말이다.

"아, 옛날에 평화의 댐 말이군요."

"네가 그걸 또 어떻게 알아?"

"유명하잖아요, 정부에서 한 대국민 사기."

"하긴, 그건 그렇지."

한때 한국 정부는 북한이 금강산댐을 이용해서 200억 톤의 물로 한국을 싹 쓸어버릴 거라고, 북한의 수공을 막기 위해서는 댐이 필요하다고 주장했었는데, 바로 그 일로 만들어진 댐이 바로 평화의 댐이었다.

그런데 시간이 흐르자 그 모든 게 다 거짓이라는 사실이 드러났다.

금강산댐이라는 게 존재하긴 하지만 구조적으로 200억 톤의 물을 담을 수가 없다. 애초에 전 세계에서 가장 크다는 싼샤댐의 저수량이 390톤 정도다. 그리고 북한에는 그렇게 큰 강줄기가 없다.

물론 북한이 금강산댐을 공격 목적으로 건설한 것은 사실이지만 애초에 200억 톤은 이론적으로도 불가능하며, 실제로 최대 저수량은 59억 톤 정도에 불과한 데다 평소에는 그 절반도 차지 않는 것으로 드러났다.

즉, 그 당시 정부가 '평화의 댐'이라는 일종의 쇼를 통해 국민들에게 막대한 성금을 걷은 후에 예산을 빼돌리는 용도로 쓰려고 했던 것.

실제로 막대한 예산이 들어갔지만 해당 댐이 완성되지는 못했고 추후 정부에서 예산을 투입해서 완성한다.

아무리 양이 작다지만 금강산댐의 최대 59억 톤이라는 양도 무시하기 어려운 저수량인 건 사실이니까.

"싼샤댐도 그래서 머리 아프다면서요?"

"하긴, 그건 그렇지."

싼샤댐이 무너지면 피해자가 1억이 넘을 거라는 게 거의 확실시되다 못해 그 물이 서해로 흘러들면 염도가 떨어져서 서해의 물고기가 싹 다 죽을 거라는 연구 결과까지 있을 정도다.

"하여간 그렇게 위험하다면서도 정작 다른 나라에서는 그걸 어떻게 하지 못한다는 거야."

"하긴, 그건 그러네요."

알려지지 않았을 뿐 중국에서 만든 댐들 때문에 동남아 국가들은 가뭄으로 고통 받는 지역이 상당히 많아졌다.

특히 동남아 국가 다수를 가로지르는 메콩강은 바닥을 드러낼 정도로 수위가 낮아졌고 동남아 국가들의 중국에 저항하지 못하고 전전긍긍하게 되었다. 왜냐하면 중국이 댐에 수위를 높인다고 댐을 닫아 버리면 수위가 낮아지는 게 아니라 강줄기가 진짜 말라 버리기 때문이다.

당장 북한의 금강산댐만 해도 수십 년째 저수하고 있지만 이제야 26만 톤이 찼을 정도다. 물론 완벽하게 문을 잠그진 않았겠지만 그렇다고 해도 댐을 완전히 채우는 데에는 절대로 무시 못 할 정도의 시간이 걸린다.

그리고 그 시간이면 중국은 충분히 동남아 국가의 국정을 혼란시키고 집어삼킬 수 있는 시간이다.

"이런 방사능 물질의 방류도 마찬가지지. 이건 어떻게 할 건데?"

"흠…… 항의가 고작이겠네요."

"그래, 국가 입장에서는 항의하는 게 고작이야."

그러나 일본 정부는 이 문제에 대해 조까를 시전하고 있고 한국과 동남아 국가들의 항의를 완벽하게 무시하고 있다. 그 때문에 항의로써는 아무것도 할 수가 없다.

"국가에서 할 수 있는 최대의 저항은 항의지. 그리고 그걸 무시한다면 남은 선택지는 전쟁뿐이야."

송정한은 걱정스럽게 말했다.

다른 나라에 대한 무력의 투사. 이는 절대로 무시할 수 없는 일이다.

"심지어 그 미국조차도 타국에 무력을 투사하는 행위에 대해서는 극도로 신중하게 생각하고 있다네. 경찰 하나 보내지 못하는 게 현실이고. 그걸 철저하게 무시하는 건 아마 중국 정도일걸."

실제로 중국은 스파이 조직이 아닌 경찰 조직을 몰래 운영하면서 중국에 불리한 이야기를 하는 놈들을 잡아들이다가 걸려서 욕을 바가지로 먹지 않았던가?

그나마도 잠깐 이슈화되면서 없어졌지만 그 누구도 그게 영원히 없어졌다고는 생각하지 않는다.

아마 100% 어디선가 움직이고 있거나 조만간 움직이게 될 테니까.

"경찰도 그런데 다른 곳도 아닌 군대라면 이야기가 달라지지."

"그렇군요. 그러면 그걸 막을 수 있는 건 민간이라는 건데."

송정한의 말에 잠깐 고민하던 서세영은 문득 이상하다는 생각이 들었다.

"그러고 보니 민간단체들은 왜 입을 다물고 있죠? 생각해 보니 이상하네요. 자연보호 민간단체가 한둘이 아니잖아요?"

자연보호 민간단체는 전 세계에서 가장 큰 규모를 자랑하고 있고 또 후원금이 많은 걸로 소문났다. 그런데 방사능오염수 방류에 대해서는 그들이 반대했다거나 그걸 막기 위해 소송을 걸었다는 이야기가 없었다.

"그게 문제인데 말이지."

노형진은 머리를 긁적거렸다.

"너는 기억할지 모르겠지만 자연보호 단체들도 사실상 이권 단체야. 돈만 주면 모른 척하는 편이지."

"돈만 주면 모른 척한다고요?"

"그래. 음…… 예를 들면 말이지, 바다를 가장 많이 오염시키는 게 무엇일 것 같아?"

"글쎄요? 빨대? 플라스틱 쓰레기?"

"아니, 애석하게도 그렇지 않아."

물론 그런 물건들이 바다를 오염시키지 않는다는 뜻은 아니다. 하지만 대부분의 플라스틱 계열의 쓰레기는 육상에서 처리되지, 바다까지 흘러가는 양은 극소량이다.

"내가 말했잖아, 지구가 아니라 바다를 전제 조건으로 생각하라고."

"어…… 그럼…… 잘 모르겠어요."

"그물이야."

"그물이요?"

"그래."

바다에서는 매년 엄청난 양의 그물이 버려진다.

그물이 버려지면 그건 떠다니면서 어족 자원을 씨를 말려 버린다. 물고기들이 거기에 걸리면 빠져나가지 못하고 싹 다 죽어 버리기 때문이다.

"그렇지만 자연보호 단체들은 다른 이야기만 하지, 그물 이야기는 하지 않아."

빨대가 거북이의 코를 막는다. 비닐을 해파리로 오해해서 거북이가 먹고 죽는다. 플라스틱이 세상을 망하게 한다.

"그런 건 기껏해야 몇 마리에 불과하지. 그런데 그물은?"

거기에 걸리는 모든 짐승을 싹 다 죽여 버린다. 그래서 한국에서는 어선에서 그물을 바다에 무단 투기하는 행위를 극도로 강하게 처벌하고 있다. 하지만 수많은 어선에서 그물의 처리 비용 단돈 몇만 원을 아끼기 위해 바다에 그물을 무단 투기하는 일이 비일비재하다.

"그런데 왜 입을 다무느냐? 간단해. 어업회사에서 매년 막대한 돈을 그들에게 주고 있거든."

"설마……?"

"설마가 아니라네. 일본이 전 세계에서 가장 잘하는 게 바로 로비지."

송정한은 씁쓸하게 웃으며 말했다.

"일본은 전 세계의 거의 모든 자연보호 단체들에 막대한 로비를 했을 거라네."

"미친!"

서세영은 그 말에 깜짝 놀랐다. 하지만 노형진은 그것이 진실임을 전생의 경험으로 잘 알고 있었다.

'실제로 오염수가 방류된 후에도 전 세계 자연보호 단체들은 아가리를 꾸욱 다물고 아무런 대응도 하지 않았지.'

자연보호를 위해 온갖 소송을 하고, 필요하다면 불법적인 행위나 제한적이라고 해도 무력 사용도 불사하는 놈들이 정작 일본에는 아무런 소송도 하지 않았고, 차량이 지구를 오염시킨다면서 도로 한복판에서 길을 막고 시멘트로 자신을 고정시켜서 아예 차가 통행하지 못하게 하는 놈들이 정작 일본 근처에는 접근도 하지 않았다.

'아마도 원인은 두 가지겠지.'

첫 번째는 송정한이 말한 것처럼 막대한 돈.

그리고 두 번째는 방사능오염으로 인한 죽음에 대한 두려움.

가서 몸으로 막자니 그럴 수가 없는 거다.

포경 선박? 배로 방해해도 포경 선박은 그 작은 배를 침몰시키거나 공격할 수가 없다.

도로 한복판에 주행 방해? 벌금이야 나오겠지만 진짜로 운전자들이 차로 그런 짓을 하는 사람을 밀어 버릴 가능성은 지극히 낮다.

그들은 안전한 곳에서 자기가 다치거나 죽지 않는 선에서 선한 척 행동하고 싶은 거지, 진정으로 선한 게 아니다.

"그러니 그들은 아무것도 하지 않을 거야."

방류를 막기 위해 방류구에 가까이 다가가는 순간부터 방사능은 시시각각 그 사람을 죽일 거다.

소송? 소송해 봐야 현실적으로 일본 정부가 방류를 멈출 리도 없거니와 도리어 소송비를 지원해 줄 곳도 없다.

"그런 단체들에서 반대한다고 설치는 경우는 대부분 '나에게 돈을 달라.'라고 요구하는 경우지."

"오빠는 그런 단체들에 대해 되게 안 좋게 생각하네?"

"대부분 그들은 필요한 순간에 없거든."

전쟁을 반대한다고 광장에 모여서 외치지만 정작 전쟁의 참상에 고통스러워하는 사람들을 위한 구호 활동은 하지 않으며, 성범죄자들을 처벌하라고 목소리를 높이지만 정작 피해자를 위해 상담소를 지원하지도 않고, 자연보호를 이야기하지만 정작 진짜 오염하는 행위에 대해서는 입을 다무는 단체가 어디 한두 곳인가?

"내가 세계복지재단을 왜 만들었는데."

"하긴."

복지한다며 받아 간 돈으로 별의별 이상한 짓을 다 하고 건물이나 올리고 돈 잔치를 해 대서 만든 게 세계복지재단이 아니던가?

"중요한 건 이번 사태에 대해 국가도, 기존의 사회단체도 그 누구도 아무것도 하지 못할 거라는 거지."

국가는 전쟁을 불사하지 않는 이상 할 수 있는 게 없고, 사회단체는 일본에서 받은 돈이 있으니 아무것도 하지 않을 거다.

그 말을 조용히 듣고 있던 고연미 변호사는 노형진이 뭘 하려는 건지 바로 알아챘다.

"변호사님은 그들에게 저항할 수 있는 사회단체를 만드시려는 거군요."

"맞습니다."

"하지만 그게 쉬울까요? 그렇잖아요? 이게 절대로 쉬운 일이 아니라는 걸 아실 텐데요."

"쉬운 일은 아니죠. 제가 만든 단체가 한둘이 아니니까 누구보다 잘 알죠."

일단 단체를 만들기 위해서는 돈이 필요하다. 그런데 돈이야 노형진에게는 큰 문제가 되지 않는다.

정작 문제가 되는 것은 집결하기 위한 목적이다. 사회단체를 만들 때 가장 핵심적인 요소가 바로 그것이기 때문이다.

"그렇기 때문에 목적을 단순하게 잡아야 합니다."

"목적을 단순하게, 라니요?"

"조직은 말입니다, 생명체와 같습니다. 한 번 탄생하면 조직을 유지하기 위해 몸부림치면서 발악하죠."

노형진의 말을 고연미와 서세영은 이해하지 못하고 고개를 갸웃했다.

하지만 경험이 많은 김성식과 무태식은 바로 알아들었다.

"확실히 그건 그렇지."

"네, 한 번 생긴 조직은 없어지지 않죠."

"그런가요?"

"네, 심각한 문제죠."

처음에는 A라는 목적을 해결하기 위해 만들어진 조직이지만 나중에 그 A라는 목적이 이루어지면 사라지는 게 아니라 갑자기 B라는 목적을 들고나오면서 그걸 해결하기 위해 움직인다.

"그게 나쁜 거야? 문제가 있다면 해결해야 하잖아?"

"물론 그렇지. 그런데 문제는 그 과정에서 정상적이지 않은 방법을 쓴다는 거지."

"응? 그게 뭔 소리야?"

"거의 대부분의 조직은 절대로 이루어지지 않는 목적을 위해 움직인다는 거야. 그러다 나중에 그 문제가 해결되잖아? 그러면 가상의 적을 만들어 내지."

자연보호 단체만 해도 그렇다.

과거의 자연보호는 자연과의 공존 또는 재활용이 목적이었다. 하지만 지금은?

당연하게도 세상이 발전하면서 자연보호에 관련된 법이 만들어지고, 과거보다 훨씬 더 엄격해졌다.

"그러니까 어떻게 바뀌었지?"

"차량을 사용하지 말라고 지랄이지."

"그래."

온몸에 공구리를 치면서 도로에 드러눕고, 역사적 작품에 페인트를 뿌려서라도 자연을 보호하자고 한다.

실제로는 자연보호와는 아무런 관련도 없는데도 말이다.

심지어 비즈니스 항공기를 타고 일회용 생수를 사 마시면서 입으로 자연보호를 외치는 놈들도 있을 정도다.

"그리고 그 이미지는 어때?"

"개판이지."

"그래, 목적성을 잃어버린 거지."

그들 역시도 목적성을 잃어버리고 단 하나, 외부에서 들어오는 막대한 돈에만 집착하게 된 것이다.

"그래서 진짜 자연보호에는 관심 없고 그저 저항하지 못하는 곳만 조지는 거구나."

"그래."

예를 들어 자연보호 단체에서 매일같이 벌이는, 빨대를 쓰지 말자는 운동만 생각해 봐도 그렇다.

정작 바다를 오염시키는 그물을 쓰는 어선이나 거대 기업들에는 아무런 항의도 못 하면서 빨대를 쓰는 사람은 양심 없는 인간이라고 공격한다.

"그 사람들이 빨대를 만드는 놈들을 공격하는 거 봤어?"

"어? 그러고 보니 그러네?"

단 한 번도 자연보호 단체들이 빨대를 만드는 회사를 공격한 적은 없다.

"안 하는 게 아니라 못 하는 거야. 무섭거든."

"무섭다고? 고작 빨대 만드는 공장이 뭐가 무서워? 대기업 제품도 아니잖아?"

"그렇지. 기술이 필요한 것도 아니니까."

실제로 빨대를 만드는 공장은 작은 곳들이다. 그런데 왜 그들을 공격하지 못할까?

"그들은 중국이거든. 절대다수가 중국에서 만들어지지."

"아하~."

"그런 거 있잖아. 얼마 전에도 지랄 났던 거. 자동차 회사였던가?"

"아, 맞아. 그건 진짜 병신 같은 일이었지."

모 환경 단체가 독일 유명 자동차 판매소에 갑자기 들이닥쳤다.

그러고는 본드와 쇠사슬로 자기들을 고정시켜서 자동차 판매를 하지 말라고 협박했다. 자동차가 세상을 파괴한다면서 말이다.

그러자 직원들은 어떻게 했을까? 경찰을 부르거나 싸웠을까?

아니다. 시위는 시민의 권리라면서 방치했다.

그리고 퇴근 시간이 지나자 조명과 에이컨을 끄고 문을 잠근 뒤 퇴근했다.

그러자 그 환경 단체는 당황했다.

그 당시 유럽은 폭염으로 한낮의 온도가 40도 가까이 올라가던 곳이라, 밤이라 해도 30도가 훌쩍 넘어가는 열대야였다.

그래서 그들은 경찰을 불러서 구조를 요청한 뒤 직원들을 인권침해로 고소했다.

환경이야 어떻든 간에 자기들이 시위하고 있으니 조명과 에어컨을 켜 둬야 했다는 거다.

결국 그들이 원한 건 자연보호가 아니라 '돈만 주면 너희 업장에서는 깽판 치지 않을게.'라는 것이었는데 그게 먹히지 않아서 당황한 것이었다.

"그거 완전 합법적 조폭 아니야?"

"사실 요즘 그런 단체가 한둘이냐?"

노형진의 말에 김성식도 고개를 끄덕거렸다.

"한둘이 아니지."

'사회운동가'라는 가면을 쓰고 사회를 파괴하면서 '돈 내놔. 그러지 않으면 너희는 나쁜 놈들이야.'라고 프레임을 뒤집어씌우는 놈들이 넘쳐 난다.

"심지어 애들한테도 그 지랄인데, 뭘."

"하긴, 그렇기는 하지."

일부 아동보호 단체는 선생님이나 학부모에게 다짜고짜 아동 학대 프레임을 뒤집어씌운다.

그들이 원하는 건 한 가지. '돈 내놔.'다.

진짜 아동 학대가 있었는지, 아니면 훈육 차원인지는 중요하지 않다. 직접 돈을 받지는 않더라도 그런 행동을 통해 자기 영향력을 자랑하고 주변에 위협하는 거다.

'돈 내놓지 않으면 너희는 아동 학대범이야.'라고.

실제로 노형진이 그런 집단을 만나서 재판으로 박살 낸 적도 있고 말이다.

"그런 단체를 만든다고?"

"네, 지독하게 공격적이고 지독하게 이기적이고 지독하게 끈질긴 놈들이요."

노형진의 계획은 간단했다.

돈만 있다면 미친 짓도 기꺼이 하는 집단을 만드는 것은 어려운 일이 아니다. 당연하게도 그들이 테러 단체로 확장하지 않도록 신경 써야 한다.

"하지만 테러 단체로 확장되면 어쩌려고요?"

고연미가 떨떠름한 얼굴로 물었다. 그런 식으로 활동하다가 테러 단체로 변모한 집단이 한둘이 아니니까.

사람들이 잘 모를 뿐이지, 목적만 좋은 테러 단체들이 세계 전반에서 쉽게 접할 수 있다. 엄밀하게 말하면 예술 작품에 물감을 뿌리는 놈들도 테러를 저지르는 거니까.

그만큼 자연보호를 이유로 테러를 저지르는 놈들이 상당히 많다는 뜻이다.

"그렇기 때문에 더더욱 목적성을 확실하게 제시해야지요."

"목적성이라면?"

"방사능오염수의 방지. 다른 걸로 해석이 불가능한 명확한 조건을 내건다면 그때는 이야기가 달라지죠."

목적이 이루어지면 사라지는 조직. 그게 노형진이 만들고자 하는 집단이다.

"목적이 이루어지면 사라진다라……."

"그래."

"쉬울까요?"

무태식의 물음에 노형진은 고개를 흔들었다.

"당연히 쉽지는 않을 겁니다."

노형진이 말한 것처럼 조직은 생명체처럼 살아남기 위해 비틀리고 이상하게 발전하기도 한다.

"애초에 일본의 방사능 문제가 1~2년 사이에 해결될 것도 아니고. 그사이에 조직의 성향이 변질될 가능성이 없는 것도 아니고요."

"하기야 그렇군."

일본의 방사능 문제를 해결하는 데에는 못해도 60년 이상은 소요될 것으로 생각하고 있다. 그만큼 심각한 문제다. 그마저도 최소한으로 잡은 거고, 아예 방사능이 사라지는 것이 목표라면 200년 이상을 잡아야 한다.

"하지만 그렇기에 우리가 만들면 알아서 굴러갈 겁니다."

공격 대상이 있으니까 다른 쪽으로 시선을 돌리지 않을 거다.

"그리고 그 과정에서 자연보호 단체에서 기득권을 차지하고 있으니까요."

"아, 하긴 그놈들이 자신들의 기득권을 놓지는 않을 테니까."

"그러니까 장기적으로는 큰 문제가 없을 겁니다."

그렇다면 목적 자체를 하나로 특정하면 된다.

"하지만 그 단체를 어떤 형태로 만들어야 할지가 애매하군. 일본의 방사능오염수 방류를 막기 위한 협의체 같은 걸 만들어야 하나?"

"아닙니다. 그건 의미가 없죠. 사실 그런 걸 만들어 봐야 한국에서나 몇 명 반대하고 끝날 겁니다. 그런 비슷한 단체들이 어디 한두 곳입니까?"

"하긴."

이미 그런 단체들은 수십 군데 넘게 있고 그런 곳들이 계속해서 방류 반대를 외치고 있지만, 현실적으로 그들의 발언은 일본에 아무런 효과를 주지 못하고 있다.

"그러니까 전쟁으로 가야죠."

"전쟁?"

"네, 원래 말입니다, 모 아니면 도가 인간에게는 쉽게 와닿거든요."

노형진은 피식 웃으며 말했다.

"그러니까 전쟁으로 가야 합니다. 미국과 유럽 그리고 일본의 전쟁으로요, 후후후."

전 세계에는 수많은 자연보호 단체가 있다. 그리고 그중 상당수는 일본으로부터 막대한 돈을 받으면서 입을 닫치고 있었다.

실제로 원 역사에서 그런 자연보호 단체들의 대부분은 그런 돈을 받고 오염수 방류에 대해 입도 뻥끗하지 않았다.

하지만 그렇다고 해서 그들 모두에게 돈을 주는 것은 제아무리 일본이라 해도 불가능했다.

"같이 일본의 오염수 방류를 막자고요?"

그린어스의 대표인 이사벨 로자니는 반색했다.

유럽과 미국 등지에서 활동하는 전 세계적인 자연보호 단체인 그린어스. 녹색 지구라는 아주 부드럽게 느껴지는 이름을 가지고 있지만 실제로는 타협이 불가한, 상당히 극단적이고 공격적인 집단이었다.

'일본도 그린어스에는 돈을 주지 않지.'

이유는 간단하다. 그린어스는 너무 극단적이기 때문이다. 그들이 자금력까지 가지게 되면 어떻게 될지 모르니까.

포경 금지를 막는 거? 물론 그건 귀찮은 일이다.

실제로 고래를 보호하고자 하는 단체들이 때때로 그런 포경을 막기 위해 배를 가로막거나 접근하기도 한다.

하지만 거의 대부분의 경우, 그런 행위는 쇼에 불과하다.

매일같이 이루어지는 포경을, 한 달에 서너 번 정도 찾아와 촬영한 다음 그 영상으로 홍보하면서 돈을 받아먹는 게 그들이다.

하지만 그린어스는 다르다. 단순히 서너 번 배로 막고 현장을 촬영하는 집단이 아니다.

도리어 근본적인 방식, 예를 들어 포경선에 관련된 온갖 고소 고발을 하고 압류를 걸고 심지어 소송도 불사하는 등 별의별 짓을 다 한다.

'뭐, 내 입장에서는 딱히 극렬한 것도 아니지만.'

사실 포경은 불법이다. 국제법으로도 불법이지만 일본은 과학 포경이라는 이름으로 포경해서 골치였다.

"일본은 엄청난 양의 방사능오염수를 바다로 쏟아 버리려 하고 있습니다. 그걸 막아야 합니다."

"그건 저희도 알고 있습니다만…… 솔직히 말씀드리자면 저희가 한계라서요."

이사벨 로자니의 말에 노형진은 고개를 갸웃했다.

"그린어스가 그렇게 힘이 없는 단체는 아닐 텐데요?"

"돈이 문제죠."

그 말을 들은 노형진은 한층 더 의아해졌다.

이사벨 로자니는 한때 유럽을 대표하던 미녀 배우다. 그런 그녀가 나서서 홍보하는데 돈이 부족하다니?

"일본은 집요하더군요. 저희를 직접 공격하지 못하니까

저희에게 자금을 지원하던 곳들을 공격했어요."

"아아~."

"그래서 지금 저희는 일본을 공격하지 못해요. 돈이 부족해요."

성명서 자체야 발표하고 있다. 하지만 의미가 없다.

"그렇군요."

"물론 마이스터에서 도와주신다면 가능하겠지만."

그렇게 말하는 이사벨 로자니는 뭔가 기대하는 얼굴이었다.

"같이 막으려는 거니까 어느 정도 도와드릴 수는 있죠. 하지만 '저희 방법'을 쓰셔야 할 겁니다."

"마이스터의 방법이요?"

"네, 지금 그린어스의 방법은 공격적이기만 하지 무척이나 비효율적이거든요."

"그게 무슨 말이죠?"

노형진의 말에 이사벨 로자니는 고개를 갸웃했다.

"예를 들면 말이죠, 일본의 포경을 보세요. 지금 몇 년째 노력 중이시죠?"

"그렇긴…… 하죠……."

"네. 그런데 말입니다, 그거 막는 데 성공 못 했잖습니까?"

"일본이 우리 말을 듣지는 않으니까요."

"그러니까 잘못되었다는 겁니다."

"네?"

"공격 방향을 너무 일차원적으로 생각하고 계시는 거예요."

그 말에 이사벨 로자니는 이해가 가지 않는 얼굴이었다.

"그게 무슨 말이죠?"

'역시 이렇다니까.'

서양은 동양 역사에 대해 무지하다. 그렇다 보니 해결책을 엉뚱한 것으로 생각해 내 제대로 대응하질 못한다.

"일본이 왜 고래 고기를 먹고 상업 포경을 하는지 아십니까?"

"그거야 그들이 미개해서 그런 거죠."

"아니죠, 애초에 고래 고기를 먹는 나라가 일본 하나뿐인 것도 아니고. 유럽에서도 과거에 고래를 죽여서 기름을 짜냈습니다만."

"무슨 말을 하고 싶은 거죠?"

"일본은 고래 고기를 먹는 걸 하나의 역사로 인식한다는 겁니다."

"뭔 그딴 게 역사예요?"

"역사죠. 일본은 말입니다, 육고기, 그러니까 소나 돼지를 먹은 지가 100년이 채 안 됩니다."

"네?"

"메이지유신 이전에는 육고기를 먹는 게 불법이었습니다."

당연하게도 인간이 살아가기 위해서는 여러 영양소가 필요하다. 그리고 그중에는 단백질도 있다. 그런데 고기를 먹는 것은 불법이다.

그렇다면 단백질을 어디서 구해야 할까?

"지금은 두부를 먹으면 해결되지만, 과거만 해도 일본에서 두부 요리는 고급이었습니다. 누구나 쉽게 먹을 수가 없었죠."

"그러면 바다네요."

"네, 일본은 사면이 바다니까요."

문제는 그런 바다에서 죽어라 물고기를 잡아 봐야 그 양이 뻔하다는 거다.

물론 현대 기술로 잡으면 충분히 전 일본이 먹을 수 있는 양이 나올 거다. 그러나 메이지유신 이전의 어업 기술은 그 수준이 뻔하다는 게 문제였다.

"그렇다면 바다에서 뭘 잡아야 쉽고 빠르게 많은 단백질을 얻을 수 있겠습니까?"

"고래군요."

확실히, 거대한 고래 한 마리만 잡으면 생선 1만 마리 잡는 것보다 많은 고기를 얻을 수 있다.

돌고래만 해도 그렇다. 돌고래는 고래보다 크기가 작지만 동시에 잡기도 쉽다.

그래서 아예 돌고래를 가두어 두고 때려잡는 축제를 만드는 게 일본이었다.

"설마 그게 전통이라고 보호하려는 거예요, 지금?"

"아뇨, 전통과 악습은 다르죠."

제사를 지내는 거? 그건 전통일 수도 있다. 그러나 제사상에 홍동백서니 조율시이니 하는 것은 악습이다.

애초에 한국에 그런 전통은 없었다. 그저 지역에서 나오는 물건으로 간소하게 차리는 게 규칙이었을 뿐이다.

당연히 상다리가 휘어지게 20첩 30첩 차리는 건 악습이다.

더군다나 요즘은 잘 먹지도 않는 걸 쌓아 둬 봐야 의미가 없기에 그걸 다른 음식으로 바꾼다고 해도 잘못된 게 아니다.

심지어 절에서도 제사상에 바나나를 올리는 시절이 아니던가?

"다만 그게 악습이라는 거죠."

"그래서요?"

"아까 제가 말했죠, 일본은 메이지유신 이전에는 고래를 못 먹었다고."

"네."

"그러면 지금 일본은 고기를 먹겠습니까, 안 먹겠습니까?"

"당연히 먹죠. 저도 일본 가서 고기 요리를 몇 개 먹어 봤어요, 야키니쿠라든가. 잠깐, 말이 안 되는데?"

순간 이사벨 로자니의 얼굴이 혼란으로 물들었다.

"왜 그러세요?"

"저에게 그러더군요, 야키니쿠가 일본 전통 요리라고. 그런데 메이지유신이라면 얼마 안 된 건데……."

일본 요리일 수는 있겠지만 일본 전통 요리라고 할 수는 없다.

"뭐, 말장난이죠. 한국에서 배워 간 걸 고친 거니까."

"그런가요?"

"네. 그런데 지금 중요한 건 그게 아니죠. 일본에서 고기를 먹기 시작하면 고래 고기를 다 먹을 것 같습니까?"

"그거야……."

"결국 취향이 나뉘죠. 그리고 솔직히 고래 고기가 맛있는 것도 아니고요."

독특한 풍미가 있다지만 대부분의 사람들은 고래 고기를 맛없다고 생각한다.

실제로 거의 대부분의 사람들은 소고기나 돼지고기는 먹어도 고래 고기는 잘 먹지 않는다.

"그게 포경이랑 무슨 관계죠?"

"시대가 바뀌면 취향도 바뀐다는 겁니다. 그런데도 불구하고 일본은 포경을 통한 고래 사냥을 늘려 왔죠."

심지어 그걸 막는 단체인 IWC는 그 사실을 모른 척해 왔다. 다름 아닌 일본이 주는 막대한 예산 때문이었다.

그러나 현시점에서 IWC는 일본에 있어 유명무실한 존재가 되었다.

왜냐, 일본이 과거에는 '과학 포경'이라는 거짓말이라도 해 가면서 포경했지만 몇 년 전 아예 IWC에서 탈퇴했기 때문이다. 그리고 이제는 대놓고 포경 중이었다.

"그런데요?"

"쉽게 말해서 일본의 포경 산업은 적자라는 거죠."

"적자요?"

그 말을 이해하기 어렵다는 듯 이사벨 로자니는 노형진을 빤히 바라보았다.

"한 번도 안 알아봤습니까?"

"그 추잡스러운 유통 과정을 알아봐서 뭐 하게요?"

노형진은 그 말에 혀를 끌끌 찼다.

'지피지기 백전불태라고 했건만.'

적을 알고 나를 알면 위험하지 않다고 한다.

하지만 적에 대해 모르니 공격이 통할 리가 없다.

"일본의 포경 기업은 대부분 적자입니다. 게다가 일본의 포경 기업이 많은 것도 아니고요. 일본에서 포경으로 획득한 고래 고기의 70%는 냉동 창고행입니다."

노형진의 말에 이사벨 로자니는 어이없는 얼굴이 되었다.

전혀 모르는 사실이었으니까.

"그런데 왜……?"

70%나 되는 고기가 팔리지 않아 냉동 창고행이라면 당연하게도 잡는 고기를 줄여야 한다.

남아 있는 포경 어선 중 70%가 사라져도 그 수량은 쌓여 간다는 소리다.

제대로 균형을 맞추기 위해서는, 즉 쌓여 있는 고기라도 소비하려면 20% 수준까지 포경 어선을 줄여야 할 거다. 쌓인 고기만 해도 수백, 아니 수천 톤은 될 텐데, 그 고기를 소비하는 것도 일이니까.

거기다가 아무리 냉동이라지만 보관 기간이라는 게 있고 10년 20년 된 고기까지 보관할 수는 없으니까 당연히 그런 고기들을 소각 처리하는 비용도 있을 거다.

"그게 문제인 거죠. 일본 놈들은 외부 이미지에 신경을 많이 쓰는 놈들입니다. 그런 놈들이 왜 갑자기 IWC를 탈퇴했을까요?"

상업 포경을 대놓고 하려고? 사실 그것보다는 다른 이유가 있다.

"돈 때문입니다."

"돈?"

"일본의 상업 포경은 말입니다, 진짜 고래 고기를 팔아서 낸 수익으로 유지되지 않습니다."

전통이라는 이유로 일본 정부에서 막대한 예산을 보조금으로 지급하고 있는데, 그걸로 유지되고 있다.

"뭐라고요!"

그 말에 이사벨 로자니의 얼굴이 황당함으로 물들었다가 그대로 시뻘게졌다.

'그럴 만하지.'

아무리 그린어스라지만 그래도 고래를 잡는 게 먹기 위해서라고 생각했다.

물론 보호하는 것과 먹는다는 것은 양립하는 문제고 어디서든 충돌하는 문제다.

당장 아프리카에서도 사자를 보호하자고 하지만 원주민들이 사자를 죽이는 것까지 심하게 처벌하지는 않는다.

왜냐, 원주민에게도 생계 문제이기 때문이다. 습격해 온 사자에게 사람이 죽을 수도 있고 원주민이 키우는 소가 죽는 건 원주민에게 심각한 피해라는 걸 아는 것이다.

"고작 정부 보조금을 받겠다고 그 지랄을 하는 거라고요?"

"네, 전혀 모르셨나 보군요."

"몰랐어요."

노형진은 혀를 끌끌 찼다.

"애초에 말입니다, 과학 포경이라는 말이 왜 나왔겠습니까?"

과학적으로 고래를 보호하고 검사하기 위해서?

아니다. 이미 고래의 식생은 나름 알려져 있고 무선 추적 기술이 발달해서 추적이나 조사가 어렵지 않다.

"과학 포경이라는 이름으로 고래를 잡으면 샘플비 명목으로 일본 정부가 구매했거든요."

그리고 그걸 적자라는 이유로 판매해서 수익을 내는 게 그간의 방식이었다.

물론 지금은 IWC에서 탈퇴해서 그마저도 하지 않고 그냥 대놓고 수매한다.

"고래 사냥은 말입니다, 애초에 먹기 위한 게 아닙니다."

일본 정부에서 주는 전통이라는 이름으로 행해지는 거대한 보조금 횡령이라는 범죄의 영역이었다.

그걸 전혀 몰랐는지 이사벨 로자니는 멍하니 노형진만 바라보았다. 그러다 더듬더듬 입을 열었다.

"그, 그러면 다른 단체들은……."

"알죠. 아니까 일본 정부에 항의하지 않고 선박 주변에만 알짱거리는 겁니다."

"이런……."

이사벨 로자니는 치미는 화를 주체하지 못해 벌떡 일어나다가 휘청거리더니 그대로 넘어갔다. '우당탕!' 하는 소리가 사무실 안에 울려 퍼졌고, 이내 밖에서 다른 사람들이 다급하게 들어왔다.

노형진은 그 모습을 보고 쓰게 웃었다.

"아무래도 다른 이야기는 다음번에 해야겠는데요?"

⚖

그러나 이사벨 로자니와 대화할 기회는 노형진의 생각보다 금방 찾아왔다.

아까에 비하면 비교적 차분해졌다지만 그래도 여전히 분노로 가득한 눈으로 이사벨 로자니가 속사포처럼 질문을 쏟아 냈다.

"그래서 방법이 뭔가요? 일본에서 그 짓을 하는 걸 어떻게 막죠? 정치인에게 소송을 걸면 되나요? 그들이 뇌물을 받고 그 짓 하는 거 맞죠? 그러면 그걸 언론에 대해서……."

"여전히 일본에 대해 모르시는군요."

"네?"

"일본에서 정치인은 하나의 왕입니다."

그들이 뇌물을 받아도, 성범죄를 저질러도 그를 처단하거나 탈락시키거나 하는 이미지가 없다. 왜냐, 그들은 왕이니까.

실제로 방송에서 모 아나운서가 성추행당했을 때 정착 은 퇴당한 건 그녀를 성추행한 정치인이 아니라 피해자인 아나운서였다.

공식적인 이유는 건강상의 문제였지만 실상은 정치인에게 꼬리를 쳤다는 것이었다.

하지만 공중파. 그것도 생중계에서 꼬리 칠 일이 어디 있단 말인가? 당연히 그 정치인을 보호하기 위한 거짓말이었다.

"일본을 민주주의국가라고 보시면 안 됩니다. 기본적으로 왕권…… 아니다, 지역별로 구분된 봉건국가에 가깝습니다. 당연히 이쪽에서 뇌물을 받는다는 의심을 한다 한들 처벌받거나 선거에서 떨어질 가능성은 없다고 보셔도 됩니다."

"이런……."

그 말에 당황하는 이사벨 로자니. 자신들이 아는 정치 규칙과 너무 다르니까.

"그러면 어떻게 해야 하지요?"

"물론⋯⋯."

노형진은 거기까지 말하고는 씩 웃었다. 그러고는 말했다.

"공짜는 아닙니다."

"큭."

"저희와 일해야 저희가 도와드릴 수 있죠."

"하지만 일본이 저희 말을 듣지는 않을 거예요."

그린어스가 바보도 아니고 일본에 방사능오염수 방류를
하지 말라는 소리를 안 했겠는가? 심지어 일본으로부터 돈
을 받는 조직들조차도 이건 아닌 것 같다면서 성명서 정도는
발표하는데도 완전히 개무시당하는 상황이다.

"그러니까 전 세계와 싸우게 해야지요."

"전 세계와 싸우게 하자고요?"

"그린어스가 아니라 별도의 조직을 만들 겁니다."

"별도의 조직이요? 우리 산하에요?"

"산하라고 볼 수도 있고 같은 조직이라고 볼 수도 있고."

노형진은 잠깐 생각하다가 말했다.

"이름은⋯⋯ 방사능공격 방어전선이라고 하면 되겠네요."

"전선이요?"

노형진의 말에 이사벨 로자니는 순간 흠칫했다.

이름에 전선이라는 단어가 들어가는 단체가 한둘이 아니다.

문제는 그런 단체들의 특징이 극렬 투쟁 노선이라는 거다.

중간이 없다. 오로지 너와 나 둘 중 하나는 죽어야 한다는 식으로 싸우는 조직들의 이름에 주로 '전선'이라는 단어가 포함된다.

"아니, 일본 정부와 싸움이라도 하시려는 거예요? 아무리 마이스터에 아레스 밀리터리 그룹이 있다지만……."

그들이 아무리 강해 봤자 결국 민간 군사 기업. 일본 정부를 대상으로 이길 수는 없다.

아무리 일본이 상대적으로 약체라 해도 전 세계 순위권에서 보면 그들의 힘은 어마어마하니까.

"아, 예시입니다, 예시. 핵심은 전선이 아니라 방사능 공격이거든요."

"방사능 공격이요?"

"네, 지금 일본은 전 세계를 대상으로 방사능 공격을 하고 있는 겁니다."

"방사능 공격…… 아."

그제야 이사벨 로자니는 노형진이 무슨 말을 하는 건지 이해했다.

"확실히 그렇게 봐도 무방하지요."

"중국에서 마약으로 미국을 공격하고 있는 거 아시죠?"

그들은 미국에 어마어마한 숫자의 마약을 거의 공짜로 뿌리다시피 하고 있다.

엑스×시가 한 알에 천 원. 그 막대한 재료는 중국에서 공급한다.

"그리고 중국은 과거에 마약으로 나라가 한번 망했죠."

망한 게 100% 마약 때문은 아니지만 한 50% 정도는 책임이 있다.

"일본이 전 세계로 오염수를 방류하는 것과 전 세계를 대상으로 방사능 공격을 감행하는 것은 전혀 다른 문제죠."

결과는 같을지언정 일본을 바라보는 시선이 많이 다를 거다.

'친일파는 단어가 다르다고 개념까지 달라진다고 생각하는 모양인데 그것도 아니거든. 말장난해 봐야 결국 말장난이지.'

실제로 한국의 친일파가 오염수가 아닌 처리수라고 주장하는 것을 반대론자들이 비꽈서, 차라리 청정수라고 부르지 그러느냐고 말하기도 했다.

그들의 주장대로 단어에 따라 개념도 달라지는 거라면 오염수를 청정수라고 부르기만 해도 마셔도 되는 상태로 변할 테니까.

"이미지의 선점은 생각보다 강력한 무기죠."

아직 일본에 의한 방사능오염수 방류가 시작된 건 아니다.

"그런데 우리가 먼저 그걸 방사능을 이용한 전 세계에 대한 공격이라는 이미지를 만들어 두자는 거죠."

"느낌이 많이 다르군요."

방류라는 것은 자신과 상관없는 것처럼 느껴진다. 일례로 일본에서 먼 유럽이나 미국은 일본의 방사능오염수 방류를 그리 예민하게 받아들이지 않는다. 자신들과는 먼 이야기니까 상관없다고 생각하기 때문이다.

"하지만 그걸 공격이라고 인식한다면 이야기는 달라지죠."

"공격이라……."

공격이란 어떤 방식을 통해 상대방에게 피해를 입게 하는 것. 그리고 방사능에 오염된 오염수의 방류는 어찌 보면 공격이라고 봐도 무방하다.

심지어 물을 오염시키는 전략은 가장 극단적이고 가장 폐쇄적인 방법이다.

"우리가 나서서 그걸 막아 두면 저놈들은 청정수나 처리수라는 표현을 쓰지 못할 겁니다. 만약 우리가 방사능 공격이라고 사람들에게 먼저 인식시켜 두면 사람들은 뭐라고 하겠습니까?"

"막으려고 하겠죠."

"그러면 정치인들은요?"

"그거야…… 그러네요."

개인의 의견? 단체의 의견?

아무리 떠들어 봐야 일본에서는 들은 척도 하지 않을 거다. 하지만 정치인들 그리고 선거에 예민한 민주주의국가들의 정치인들은?

"공격을 당했는데 반격을 거부한다? 모가지가 날아갈 일이지요."

방사능오염수를 처리수나 청정수로 이름 바꾸는 건 소용 없는 일이겠지만 방사능오염수 방류를 방사능 공격이라고 말하는 건 또 다른 문제다.

"극렬 투쟁 구조로 가면……."

"네, 아무리 일본이라 해도 쉽게 방류하지 못할 겁니다."

진짜로 국민들이 그걸 공격으로 받아들이고 있는데 국익 운운하면서 방치한다면, 그건 민주국가에서 충분히 탄핵을 요구할 만한 거리가 된다.

"그리고 그들이 일본으로부터 막대한 돈을 받았다면 더더욱 그렇지요."

"하지만 그런 증거는 없잖아요?"

"민중에게는 증거가 필요 없죠."

오히려 민중에게 그걸 받지 않았다는 증거를 제출해 자신의 결백을 입증해야 하는 건 정치인이다.

문제는 그걸 받지 않았다는 증거를 제출할 방법이 없다는 거다. 이 세상에서 없는 걸 제출할 방법은 없으니까.

방법은 단 하나, 모든 계좌 내역과 이체 내역뿐만 아니라 재산 내역까지 모조리 공개하는 것뿐이다.

"그런데 이 세상에서 깨끗한 정치인이란 없습니다."

설사 일본으로부터 뇌물을 받지 않았더라도 중국이나 자국에서 받았을 수도 있다.

즉, 털어서 먼지가 나오지 않는 사람은 없다는 거다.

이런 점에서는, 수많은 검증을 거쳐 대통령이 된 그 송정한마저도 엄밀히 말하면 불법을 저지른 것이나 다름없다.

마이스터라는 지극히 합법적인 투자 라인을 통해 재산을 늘리고 선거 자금을 확보했다곤 하나 투자 정보를 받는 것 자체도 불법이기 때문이다.

단지 정치인이 되기 전 새론의 대표이던 시절에 이루어진 투자 계약이라서 문제가 되지 않았을 뿐이다.

'그런데 과연 송정한 대통령 외에 그런 정치인이 있을까?'

그럴 리가 없다. 사실 송정한도 욕심이 과했다면 누군가에게 뇌물을 받았을지도 모른다.

"그러면……."

"네, 우리가 언어를 선점함으로써 일본을 공격하는 겁니다."

"그걸 도와드리면 일본의 포경을 막아 주실 수 있나요?"

"그걸 막을 수 있는 기회를 드리겠습니다."

그 말에 이사벨 로자니는 고개를 끄덕거렸다.

"좋습니다. 하지만 무슨 전선보다는 좀 더 자극적이고 확실한 이름으로 바꾸는 것이 좋겠네요."

그 말에 노형진이 어색하게 웃었다.

"제가 작명 센스가 있는 편은 아니더군요. 추천하는 이름이라도 있습니까?"

"제가 추천하는 이름은……."

입을 여는 이사벨 로자니의 눈이 반짝거리며 빛나고 있었다.

오염수 방류? 노노, 방사능 공격

　새로운 집단 방사능 방류를 막기 위한 사회단체. 그곳은 생각보다 빠르게 설립되었다.

　다른 문제도 산재해 있었지만 방사능이 위험하다는 걸 모르는 사람이 없었기에 그린어스와는 별개의 단체로 만들기로 했다.

　설립에는 그린어스 소속들이 많이 참여했지만 그럼에도 그곳은 그린어스만의 단체가 아니었다. 이사벨 로자니가 여기저기에 소문내서 사람들을 불러 모은 탓이었다.

　그리고 확정된 그곳의 이름은 '방사능방어회의'였다.

　"전선 같은 걸로 할 줄 알았는데요?"

　노형진은 왠지 아쉽다는 듯 말했다.

그러자 이사벨 로자니가 고개를 저었다.

"그런 이름이 공격적으로 보이기는 하지만 도리어 너무 공격적이어서 사회적으로 키울 수 있는 규모의 한계가 명확해요. 그 목적성이 너무 잘 보이니까요."

"하지만 그 목적성이 없다면 제가 지원할 이유가 없습니다만?"

"상관없어요. 어차피 이곳은 임시 모임이니까. 다른 집단에서 모여든 이상 파벌이 생길 테고, 우리 쪽에서 배워 간 걸 각 파벌에서 써먹기 시작할 테니까요. 그리고 아시잖아요, 이건 이제 시작이라는 거. 우리는 이 끝을 못 봐요."

노형진은 그 말에 고개를 끄덕거렸다. 그건 사실이니까.

목적을 정해 놓고 공격하기야 하겠지만 일본에서 이루어지는 방류라는 행위의 끝, 아마도 노형진은 보지 못할 것이다.

수십 년, 어쩌면 수백 년간 계속 방사능오염수가 방류될지도 모르니까.

"가장 좋은 방법은 그렇게 오염된 오염수를 정제해서 다시 냉각수로 쓰는 거지만요."

하지만 일본은 그게 불가능하다는 걸 알기에 바다에 버리려 하는 거다.

"일단 단체는 만들었어요. 기존에 있던 단체들과 산하 조직들이 모두 손잡았으니까 일단 활동을 시작하면 영향력을 주는 건 어렵지 않겠지만."

이사벨 로자니는 뭔가 걱정스러운 얼굴로 말했다.

"아시다시피 우리가 그걸 시작하기 위해서는 마땅한 이유가 있어야 해요."

일본에서 일단 오염수 방류를 시작한다거나 하는 식의 행동을 시작해야 이쪽에서도 활동을 시작할 수 있다. 하지만 일단 방사능오염수를 풀어내기 시작하면 그때부터 일본은 절대로 멈추지 않을 거다.

지금 이 순간에도 방사능오염수를 바다에 쏟아 내기 위해 오염수 통로와 자칭 오염수를 정제하는 알프스(ALPS)라는 물건을 만들고 있는데 이미 돈이 수조 원이 들어갔다.

일본 정부가 그걸 순순히 포기할 가능성은 없다고 봐도 무방하다.

"그 자극은 제가 만들어 드릴 겁니다."

"어떻게요?"

"요오드가 동나도록 할 생각입니다."

"요오드요?"

"네, 방사능 처리에서 요오드는 절대로 빠질 수 없는 물건이거든요."

요오드는 방사능과 관련해서 필수적인 물건이다. 체내가 방사능으로 오염된 경우 요오드는 그 방사능이 조금이라도 체외로 빠져나갈 수 있게 도와주기 때문이다.

실제로 한국에서는 돈 문제로 전투식량에 넣지 않지만 미국 같은 나라에서는 아예 전투식량에 요오드화 소금을 쓰도록 하고 있다.

비상시, 가령 핵전쟁이 발발했거나 핵 오염 지역을 지나가는 등의 경우에 그 요오드화 소금을 섭취함으로써 최소한의 방어라도 하라는 의도다.

물론 큰 효과가 있는 건 아니지만 없는 것보다는 낫다.

"그리고 전 세계적으로 요오드의 생산량이 많지는 않거든요."

물론 요오드는 생각보다 많이 쓰인다.

요오드.

요즘은 학교에서 아이오딘이라는 이름으로 가르치는 이 물질은 호르몬 작용에 쓰이는 것으로, 실제로 건강용품에도 많이 쓰인다.

대표적인 예가 바로 요오드 소독액. 보통 사람들이 생각하는 그 빨간색의 소독약 역시 요오드가 들어간다.

"그게 소비량이 한꺼번에 미친 듯이 뛸 물건은 아니란 말이죠."

그래서 전 세계적으로 요오드의 소비량과 생산량 간의 균형은 거의 유지되고 있다고 봐야 한다.

"그러니까 그걸 닥치는 대로 사려고 할 겁니다."

"이해가 가지 않는군요. 그 말대로라면 그게 큰 의미를 가지지는 않을 텐데요."

이사벨 로자니가 의아한 표정으로 묻자, 노형진이 고개를 가로저었다.

"아뇨, 의미를 가집니다. 그 순간부터 요오드가 부족해질 테니까요."

"네?"

"전쟁의 발발을 암시하는 첫 번째 조건이 뭔지 아십니까?"

"뭔데요?"

"바로 군수물자입니다."

부대의 이동? 전선의 배치?

아니다. 전쟁을 일으키기 전에 가장 먼저 하는 것은 바로 군수물자의 확보다.

"그리고 방사능을 이용해서 사람들을 죽이려고 한다면 가장 효율적인 건 뭘까요?"

"요오드의 부족이군요."

"네, 그러니까 요오드를 부족하게 만들어야지요."

"하지만 생산량이……."

"말씀드렸다시피 요오드의 생산량은 국제적으로 균형이 맞아 있습니다."

물론 어느 정도의 여유분이 없는 건 아니다.

"하지만 그게 전 세계를 커버할 정도인 것은 아니죠."

"음……."

"그러니 우리가 요오드를 사서 쌓아 두기 시작하면 일본의 방사능 공격에 대해 이야기하기 쉬울 겁니다."

"하지만 그걸 뭐에 쓰게요?"

"일본에서 써야죠."

"일본에서요?"

"일본 사람들이라고 불안하지 않은 게 아닙니다."

다만 일본인 특유의 충성 문화 때문에 저항하지 못할 뿐이었다.

"더군다나 일본의 전통문화는 좀…… 이상하죠."

냄새나는 것은 통에 몰아넣어서 덮는다. 그게 일본의 문제해결 방식이다.

실제로 후쿠시마 사태 이후 일본 정부의 극우 세력은 일본의 방사능을 측정하는 것과 그 수치를 공개하는 걸 막는 법을 다급하게 만들려고 했다.

그들 입장에서는 '냄새나는 것', 즉 방사능을 공개하는 것이 위험한 행동이었기 때문이다.

하지만 결국 그 법은 만들어지지 않았다. 일단 그 법을 만드는 것 자체가 일본이 방사능오염 지역이라는 걸 홍보하는 셈인 데다가 그걸 연구하는 학자들이나 해외 기관들조차도 처벌 대상이기에 해외 다른 국가들과의 형평성 문제도 얽혀 있었기 때문이다.

게다가 전 세계가 인터넷으로 연결된 이 시대에 타국의 기관이 방사능 수치를 측정해서 자국에서 공개하는 걸 막는 건 불가능하고, 그렇다고 아예 다 처벌하자니 현실적으로 그건 다른 나라들과 싸우자는 소리밖에 안 되기에 결국 포기할 수밖에 없었다.

"그 대신에 일본은 언제나처럼 언론을 통제하는 방법을 선택했죠."

"그건 알고 있어요."

"그러니까 방법은 간단합니다. 일본에 막대한 요오드를 구입해 두는 거죠."

일본은 방사능으로 당할 만큼 당했다.

그리고 요오드가 방사능에 효과가 있는 것도 사실이다.

방사능오염에 오염되면 병원에서 요오드로 치료하니까.

"전 세계의 모든 요오드의 재고가 이제 일본으로 갈 겁니다."

그건 어렵지 않다. 마이스터 산하에 투자받거나 마이스터가 직접 인수한 일본 기업들도 많고 설사 그렇지 않더라도 산하에 속하지 않은 것처럼 보이는 조직들을 만드는 건 일도 아니니까.

"실제로 일본의 요오드 소비량이 적지 않기도 하니까요."

"설마?"

"네, 맞습니다."

소문이 돌기 시작하면 일본의 요오드 소비량이 미친 듯이 상승할 거다. 그리고 그에 따라 전 세계적으로 요오드 부족 사태가 일어날 거다.

"공장이라는 건 단순 증설이 쉽지 않죠."

이번 코델09바이러스 때만 해도 그렇다. 막 유행하던 시점만 해도 마스크 부족으로 전 세계가 고통 받았지만 시간이 지나고 어느 정도 안정된 현시점에서는 마스크 공장은 망해 나가는 곳 중 하나다. 이미 엄청나게 증설되었기 때문이다.

"그러니 그걸 이용해서 일본을 제외한 다른 나라 사람들을 자극해 보세요."

노형진의 말에 이사벨 로자니가 밝은 얼굴로 고개를 끄덕였다.

"좋은 생각이네요. 그런데 그게 먹힌다고 해도 그것만으로 일본을 공격하기는 힘들 것 같은데요?"

"그야 당연하죠. 그래서 이거부터 하라는 겁니다. 진짜 부족해지는 건 일본이 아닌 다른 사람들 때문일 테니까요."

그렇게 말하는 노형진은 싱글벙글 만면에 미소를 띠고 있었다.

⚖️

얼마 후 방사능방어회의는 전 세계 일간지에 크게 광고를 냈다.

일본이 전 세계에 대한 방사능 공격 예정. 그 증거로 일본은 엄청

난 양의 요오드를 자국에 쌓아 두고 구매 중. 전 세계적으로 방사
능에 대응할 요오드가 태부족

"이게 뭐야?"

시작은 간단했다.

소위 말하는 '건강염려증 환자들'이었다.

"일본에서 방사능 공격을 한다는데?"

"그게 무슨 방사능 공격이야? 그냥 바다에 방사능 물을 버
리는 거지."

"그게 공격이지, 뭐야. 그게 몇 달 후면 이탈리아까지 흘
러온다잖아."

"에이, 설마. 안 온다니까."

이탈리아의 어느 항구로 향하는 부부는 그렇게 티격태격
하고 있었다.

건강염려증이 있는 아내와 아무 생각 없는 남편.

어떻게 보면 평범한 가정이었다.

"그러니까 그게 무슨 공격이야? 바다가 얼마나 넓은데."

"바다가 얼마나 넓은 거랑 무슨 관계야? 방사능이잖아. 조
금만 피폭되어도 내부 피폭으로 고통스럽게 죽는 거라고!"

"거, 호들갑 좀 떨지 말라니까."

가게를 하던 남편은 퉁명스럽게 말했다.

하지만 이어지는 아내의 말에 아무런 대꾸도 할 수가 없었다.

"그게 우리 애들한테도 영향 준다는 것도 이해 못 해? 우리 애들이 백혈병이라도 걸리면 어쩔 건데? 이거 못 봤어? 일본에서 백혈병이나 갑상선암에 걸린 아이가 엄청나게 늘었다잖아!"

아무리 무던하고 세상에 관심이 없는 남편이라고 할지라도 아이들의 미래가 걸려 있다면 무시할 수는 없는 법.

그는 입을 삐쭉거리면서도 자신의 주머니에서 몇 유로를 꺼내 건넸다.

"그러면 약국에서 그 약이라도 사 두든가."

"요오드?"

"그래, 거기에 그렇게 쓰여 있잖아."

일간지에 실린 사설 말미에는 다음과 같은 말이 쓰여 있었다.

요오드 알약은 방사능 예방과 치료에 탁월한 효과를 발휘합니다. 비상시를 대비해서 요오드 알약을 구비하여 두시기 바랍니다.

"그래야겠네. 그럼 당신은 여기에 있어. 다녀올 테니까."

남편과 함께 항구로 향하던 아내는 발걸음을 돌려 근처에 약국으로 향했다. 남편 말대로 요오드 알약을 미리 구매해 두기 위해서였다.

그러나 그렇게 찾아간 약국에서 아내는 어이없는 소리를 들어야 했다.

"요오드 알약이 없다고요?"

"없지. 그걸 누가 쌓아 둔다고."

애초에 요오드 알약이라는 게 그리 잘 팔리는 물건도 아니거니와 방사능을 치료하는 것 외에는 딱히 필요가 없다 보니까 비타민 등과 혼합된 형태로나 팔지, 온전히 요오드만으로 구성된 알약을 파는 경우는 드물었다.

"그러면 그걸 어디서 사요?"

"나야 모르지. 뭐, 일단은 주문은 해 볼게."

"다른 건 없어요? 요오드랑 섞인 다른 영양제라든가."

"그것도 이미 다 나갔는데?"

애초에 요오드는 별도로 섭취하지 않아도 평균적인 식생활이면 충분히 몸에 보충되는 물질. 그러니 굳이 영양제를 만드는 사람들도 영양제 안에 요오드를 첨가하는 경우는 드물었다.

"아니, 그러면 언제 들어오는데요?"

"나야 모르지. 일단…… 주문은 해 볼게."

머리가 하얗게 샌 약사는 이해가 안 간다는 듯 머리를 긁적거리며 말했다.

⚖️

그렇게 5일 후, 다시 그 약국을 간 아내는 청천벽력 같은 소리를 들었다.

"없다고요? 주문해서 5일 후에 온다고 했잖아요?"

"했지. 했는데……."

"했는데?"

"내가 주문한 게 육백 개거든."

일본에서 방사능오염수로 공격한다는 사설이 몇 번 보도되자 불안해진 사람들은 너도나도 요오드 알약을 사서 쌓아 두려고 했다.

최소한 스무 개는 쌓아 둬야 그나마 안심할 수 있을 거라 생각했다. 그런데.

"그런데 온 게 열두 개야."

"네? 제가 주문한 게 스무 개잖아요!"

"아니, 그랬지."

터무니없는 양이기는 하지만 일단 방사능에 바다가 오염되면 답이 없다는 생각에 그래도 안전을 위해 스무 개를 쌓아 두려고 했다. 스무 개라고 해 봐야 한 팩에 열 개씩이니 200알이 전부다.

그리고 200알이면 4인 가족이 고작 50일 먹을 수 있는 양이었다.

"말했잖아, 주문한 게 육백 개라고. 그런데 온 게 열두 개야."

"그러면 언제 더 들어오는데요?"

"몰라."

"네?"

"모른다고. 그 업자가 더 이상 구할 곳이 없다네."

그 말에 아내의 얼굴이 창백해졌다.

그리고 아내와 같은 처지가 된 사람은 전 세계에 한두 명이 아니었다.

⚖

그 시각, 이탈리아의 요오드 알약 공장에서는 소매상들이 몰려들어서 공장장에게 따지고 있었다.

"아니, 내가 주문을 넣은 요오드 알약이 2천 개야! 그런데 몽땅 취소하다니, 이런 게 어디 있어!"

갑자기 확 늘어난 알약 요구량에 공장장은 허둥거렸다.

"아니, 정말로 답이 없다니까! 요오드 알약이 뭐 그렇게 많이 쓰는 것도 아니고."

애초에 병원에서도 거의 처방하지 않는 약 중 하나이기에 그 공장은 터무니없이 작았다. 애초에 그걸 주력으로 생산하는 회사도 없었고 말이다.

"그런데 우리라고 갑자기 몇십만 개를 만들 수가 있나."

"몇십만 개?"

"그래, 자네들 말고도 주문한 사람이 한둘이 아니라고."

공장장도 답답한 듯 가슴을 두들겼다.

"애초에 요오드 알약을 공급하는 건 우리뿐이고."

그다지 돈이 되는 것도 아니고 심지어 시장도 작은 게 바로 요오드 알약이다. 그래서 현실적으로 이탈리아에서 요오드 알약을 공급하는 제조 회사는 이곳 외에는 없다.

그마저도 이것저것 다 해 봐야 한 달 생산량이 1만 개 수준.

"그런데 지금 갑자기 이탈리아에서만 주문이 5만 개가 쌓였다고."

당연히 공장을 미친 듯이 굴리고 있지만 1만 개밖에 생산 못하던 공장이 갑자기 5만 개를 생산해 낼 수 있을 리가 없다.

더군다나 유럽은 노동에 대한 제한이 엄청나게 빡빡해서 일거리가 들어왔다고 스물네 시간 내내 3교대를 돌릴 수도 없다.

"이탈리아에서만?"

그런데 갑갑해하는 공장장의 말에서 누군가가 이상함을 느꼈다.

"이탈리아에서만, 이라고?"

"응."

"그러면 다른 곳은?"

"그……게 말이지……."

"다른 곳은?"

"일본에서만 100만 개가 선주문으로 들어왔어."

"아니, 뭔 소리야! 일본에서 100만 개 선주문이라니!"

당장 한 달 내내 돌려도 1만 개가 최대다. 정부로부터 특별 허가를 받아 노동자들에게 돈을 왕창 쥐어 주고 공장을 풀로 돌려도 3만 개 정도가 한계일 거다.

　그런데 100만 개라니? 그러면 못해도 3년 정도는 물건을 못 받는다는 소리가 아니던가?

　"그리고……."

　"그리고?"

　"그리스에서도 80만 개나 주문이 들어왔고."

　"뭐?"

　그 말에 소매상들은 깜짝 놀랐다.

　그도 그럴 게, 그리스에서 그렇게 갑자기 주문이 들어올 이유가 없어 보였기 때문이다. 그러나 그다음 말에 그들은 심장이 덜컥 내려앉았다.

　"그리스는 왜?"

　"그리스는 요오드 알약 공장이 없어. 그 나라는 관광으로 먹고살잖아."

　당연히 의약품은 해외에서 주문해서 사용하는 편이다. 그리고 요오드 알약은 그중에서도 사용량이 그렇게 많지 않다.

　"애초에 우리 회사가 한 달에 요오드 알약 1만 개씩 파는 게 이탈리아 때문이겠냐고."

　건강 때문에 먹는 사람은 거의 없고 병원에서 처방해서 먹는 게 거의 전부인 요오드 알약이다. 그리고 그런 경우 방사능오염 등의 이유가 있을 때 요오드 알약을 처방하는데, 방사능이 전염병도 아니니 다수의 사람들이 피폭당할 일은 극히 드물다.

당연하게도 요오드 알약을 만드는 제약 회사는 그리 많지 않았 않았다.

도리어 작은 제약 회사들이 거대 회사들을 피하기 위해 만들어서 파는 게 바로 요오드 알약이었다. 하도 시장이 작다 보니 대형 회사들이 아예 관심을 두지 않았으니까.

그러니 이 공장이 전 유럽은 아니지만 그리스를 비롯해 많은 곳으로 요오드 알약을 수출하는 중이었다.

"그러면 우리는?"

"일단 계약은 선착순이니까……."

말을 하는 공장장은 왠지 떨떠름한 얼굴이었다.

"지금 계약하면 3년 후에는 받겠지. 그것도 빠르면. 그리고 우리가 공장을 증설하면……."

"이런 씨팔. 장난해?"

막대한 대금을 일단 걸어 두고 3년 후에 약을 받아라? 이건 대놓고 못 준다는 소리였다.

"방법이 없어."

"다른 나라는?"

"글쎄?"

그 질문에 공장장은 잠시 뭔가를 생각하는 듯 말을 멈췄다. 그러더니 이내 작게 중얼거렸다.

"뭐, 다른 곳도 이젠 구하기 힘들걸."

⚖️

이탈리아뿐 아니라 전 세계의 요오드 수급에 비상이 걸렸다. 그리고 그건 자연스럽게 언론사에 제보될 수밖에 없었다.

"그러니까 일본에서 우리 요오드 생산량을 다 빨아먹었다고?"

"네, 일본에서 싹 쓸어 갔다는데요?"

"그거 확실해?"

"계약관계에 대해 언급하지 말라는 조건 때문에 불확실한 겁니다."

편집장은 그 말에 눈을 찡그렸다.

"그러면 그걸 뉴스로 내보낼 수가 없잖아?"

"그런데 우리가 생각하는 그 나라가 맞느냐고 하니까 아무런 말도 안 하던데요?"

"우리가 생각하는 그 나라……."

최근에 도는 소문에 대해 모르는 바가 아니다.

인류 역사상 유일한 피폭국, 일본. 그들이 방사능으로 전 세계를 공격하려고 한다는 주장, 아니 소문은 이미 들었으니까.

실제로 일본은 방사능오염수를 바다로 흘려보내려 하고 있으며, 그렇게 오염된 방사능오염수로 인한 피해에 대해서는 아무런 조사나 연구 결과도 없이 안전하다고 주장하고 있었다.

"이건 진짜 공격인가?"

물론 돈을 아끼기 위한 수작일 가능성은 무시 못 한다.

아니, 지금까지는 거의 그렇게 생각하고 있었다.

실제로 일본이 방사능오염수 보관을 위해 들이붓고 있는 돈이 절대로 적은 액수가 아니니까.

그런데 그게 공격이라고 생각하자 왠지 소름이 돋았다.

"아니 아무리 그래도 그렇지, 설마 공격까지야."

편집장이 떨떠름하게 말하자 그 말을 듣고 있던 다른 기자가 왠지 아리송한 얼굴이 되었다.

"하지만 그게 아니라면 이번 사태를 이해하기가 어렵잖아요."

"이해하기가 어렵다니?"

"전 세계에서 방사능 예방에 필요한 요오드를 싹 쓸어 가고 있는데요."

"그 정도야 공장을 충분히 금방 늘릴 수 있잖아?"

"그거야 그렇긴 한데…… 편집장님, 방사능오염에 관련해서 전혀 모르시는군요."

"나야 잘 모르지."

"요오드는 임시방편이에요. 일단 그걸로 몸에서 배출되기야 하겠지만 그 배출된 방사능이 어디로 가겠어요?"

당연히 토양을 오염시키고 전 세계의 영토를 오염시키기

시작할 거다.

"오염된 방사능오염수가 바다뿐만 아니라 토지도 오염시킬 가능성이 있어요."

"아니, 그건 너무 억측이잖아."

"억측이고 나발이고 중요한 건 방사능이잖아요. 물론 의사들은 어느 정도의 방사능은 문제없다지만."

실제로 태양 아래에 있어도 방사능에 피폭되며, 바나나를 섭취해도 극소량의 방사선에 피폭된다는 건 딱히 비밀도 아니다.

"하지만 체내에 피폭되는 건 이야기가 다르다고요."

체내 피폭의 유일한 치료법은 바로 요오드 치료뿐.

"그런데 이 와중에 갑자기 미친 듯이 방사능 치료에 쓰는 요오드를 사 간다고요? 지난 수년간 신경도 쓰지 않던 인간들이?"

그 말에 왠지 편집장은 꺼림칙해졌다.

하지만 그럼에도 불구하고 섣불리 말할 수가 없었다.

편집장으로서 어느 정도 중립은 지켜야 하기 때문이다.

"하지만 말이야, 그러면 더 말이 안 되는 거 아니야? 방사능에 오염되면 특히 체내 피폭된다면 더 위험하다는 건데 그걸 알면서도 일본이 바다에 오염수를 버리겠어?"

"사장님 일본에 대해 진짜 모르시는군요."

"일본이 왜?"

"그 애들, 2차대전 말기에 가미카제나 반자이돌격 시키던 애들이에요. 항복해서 살아남아라가 아니라 그냥 죽어라 하던 애들이라고요."

그 말뜻을 이해하지 못한 편집장은 고개를 갸웃했다.

"그게 뭔 소리야?"

"진짜 관심 없으시네. 그 인간들, 방사능 사태가 발생했는데도 지난 수년간 방사능 없다고 우기고 자기 국민들을 세뇌시키면서 요오드 처방도 안 하던 놈들이라는 소리예요."

실제로 후쿠시마 원자력발전소가 터져 나갔을 때 잠깐 방사능오염 걱정으로 일본에서 요오드의 수입이 늘어나긴 했지만 그 후에 국민들의 안전을 위해 요오드 구입량을 늘리거나 하지는 않았다.

그나마 일본 후쿠지마 지역 재건을 위해 투입하는 대상들에게 요오드 알약을 주는 정도였고, 그마저도 별도의 신청자가 아니면 따로 지급하지 않았다고.

"그러면?"

"네, 일본에서 방사능오염 지역에 재건하러 가는 애들은 방사능에 오염되는 거 감안하고 유언장 쓰고 가는 거라고요."

"뭔 말도 안 되는."

그 말에 편집장은 어이가 없어서 눈을 찡그렸다. 세상에 국민을 그렇게 대하는 나라가 있을 리가 없다고 생각했으니까.

"중요한 건 그런 놈들이 왜 갑자기 엄청난 숫자의 요오드 알약을 사겠어요?"

"그거야……."

이유가 없다. 그렇기에 더더욱 말이 안 된다는 얼굴이 되는 사람들.

"아니, 그러면 그걸 국민들에게 나눠 준다는 거야?"

"턱도 없죠. 일본 인구가 몇 명인데."

일본의 인구는 1억 2,300만 명 정도 된다. 모든 나라에서 연 단위로, 그리고 억 단위로 주문하고 있다지만, 사실 전 세계에 있는 모든 요오드 알약을 공급해도 일본의 인구 전원에게 제공하는 건 불가능하다.

"아마 높으신 분들만 야금야금 드시겠죠. 그거 하루에 한 번씩 먹어야 하는 거라면서요?"

"그렇다고 하더군."

요오드 알약은 항생제가 아니다. 그래서 요오드가 방사능과 반응해서 방사능을 죽일 수는 없다. 정확하게는 요오드가 체내의 방사능과 반응해서 한꺼번에 체외로 소변으로 방출되는 게 정확한 메커니즘이다.

그런데 오염된 지역이나 오염된 수산물을 먹으면 당연히 그 오염된 방사능이 체내에 쌓인다.

설사 그게 아니더라도 공기 중에 오염된 방사능이 쌓이는 게 일본의 현 상황.

"그게 100만 개라고 해 봐야 높은 분들이 나눠 드시기 시작하면 금방 동난다고요."

그 말에 편집장은 묘한 표정이 되었다.

그래도 아무리 생각해도 이해가 되지 않았다. 그의 상식으로는 일본이 갑자기 전 세계를 대상으로 방사능 공격을 할 이유가 없기 때문이다.

"아무리 그래도 그렇지……."

"아니, 편집장님. 설마 일본 편드시는 거예요?"

"일본을 편들어 주는 게 아니라, 여러모로 말이 안 되니까 하는 소리야."

"뭐, 그렇게 생각하실 수도 있겠지만…… 그런다고 뭐가 바뀌어요."

"뭐?"

"그렇잖아요. 이미 몇 년 치 요오드가 일본으로 넘어갔고 얼마 후면 일본이 바다에 방사능오염수를 방류하기 시작할 텐데."

"하긴, 그건 그러네."

이 상황이 이상한 건 사실이다. 그러나 거기다 대고 '일본이 방사능 공격을 할 리가 없습니다.'라고 주장하면서 일본에 실드를 쳐 줄 이유는 없다.

중요한 건 방사능오염수가 방류되기 시작하면 전 세계가 오염되고, 이탈리아에는 혹시 모를 사고에 쓸 최소한의 요오드도 없어질 거라는 거다.

"편집장님께서 그러셨잖아요, 감정 싣지 말라고. 그러면 지금 상황에서 팩트는 뭐예요?"

"요오드가 없다는 거지."

중요한 건 그거다. 그게 어디로 갔는지, 일본이 왜 방사능 오염수로 공격하는지는 자신들이 판단할 게 아니다.

"그러면 그렇게 기사 쓰면 되죠?"

"그래."

결국 편집장은 부하의 말에 고개를 끄덕거렸다. 그리고 부하는 평소처럼 익숙한 형태로 헤드라인을 잡았다.

전 유럽에 동이 난 요오드 약품

팩트였고 거짓말이라고는 한 줌도 없는 기사였지만 그걸 받아 보는 사람들의 마음은 불안해질 수밖에 없었다.

⚖️

"너무 빨리 관심을 끌어서 어이가 없을 정도네요?"

이사벨 로자니는 기가 막혔다. 분명히 이 일을 시작할 때만 해도 오래 걸릴 거라 생각했다.

아무리 노력해도 이런 일에 사람들이 관심을 가지게 하는 건 쉬운 일이 아니니까.

"충격요법이죠."

"충격요법은 저희도 씁니다만."

노형진은 이사벨 로자니의 말에 고개를 흔들었다.

"그건 불쾌감을 유도하는 충격요법이고요."

미술품에 페인트를 뿌리는 거?

잠깐 관심을 이끌어 낼 수는 있다. 하지만 그 관심은 '저 병신들 또 저런다.'라는 수준이다.

"충격요법은 한 번밖에 못 씁니다. 그런데 지금까지 자연보호 단체들이 충격요법을 시도한 게 어디 한두 번입니까?"

"그건 그렇죠."

손바닥에 공구리 치고 길바닥에 눕는 거? 수백 번이다.

페인트 미술품이나 고급품에 뿌리는 거? 그것도 수십 번이다.

"동물 보호 단체들이 동물을 보호하자며 누드 시위하는 거, 요즘도 사람들이 그에 충격 받습니까?"

"후우…… 부정은 못 하겠네요."

그 시절에는 여성의 몸을 드러내는 게 엄청나게 충격적인 시절이었지만 요즘은 그 시절만큼도 아니다. 더군다나 그런 행동이 쌓이고 쌓여서 사람들에게는 충격적이지 않다.

"이런 말 하면 미안하지만 요즘은 그런 짓에 눈요깃거리 이상의 의미는 없습니다."

"끄응."

실제로 요즘은 그런 누드 시위를 해 봤자 지역신문에도 한 줄 나가지 않는 게 현실.

"그러니까 다른 방식으로 충격을 줘야죠."

"그게 요오드의 부족인가요?"

"아뇨."

"그러면요?"

이사벨 로자니의 질문에 노형진이 진지한 눈으로 그녀를 바라보았다.

"생존입니다."

"생존?"

"네, 요오드는 생존에 필요한 것처럼 느끼고 있으니까요."

그런데 그 요오드가 없다. 그러면 생존이 불투명해진다.

현재가 아닌 미래의 일이라지만 현시점에서 그게 어떤 영향을 줄지는 너무나도 뻔하다.

"모두가 충격을 받고 허둥거리고 혼란스러워할 겁니다."

당연하게도 그 요오드를 찾아서 허둥거릴수록 사람들은 그게 생존에 더 필수적이라고 생각하게 될 거다.

"그러면 더 많은 사람들이 그걸 더 찾기 시작할 테니 그때는 경쟁이 시작되겠죠."

"경쟁이라……. 그렇군요. 한 번도 생각해 보지 않은 요소예요."

자연보호에는 경쟁이라는 요소가 포함되지 않으니까.

"중요한 건 그거죠."

일단 경쟁이 시작되면 사람들은 더더욱 다급해질 수밖에 없다.

"그래서 이걸 이용하는 거죠."

노형진은 피식 웃으면서 핸드폰을 흔들어 보였다.

"그게 뭔가요?"

"앱입니다."

"앱이요?"

"네."

"무슨 앱인데요?"

"주변의 약국과 상점이 요오드를 판매하는지 보여 주는 앱이죠."

"아, 그 코넬09바이러스가 극심히 유행하던 시기에 한국에 그런 앱이 있었죠?"

"네.

코넬09바이러스가 막 유행하던 시기에 한국인 청소년 중 누군가가 그런 앱을 만들어서 배포한 적이 있었다. 노형진이 언급한 앱의 모티브도 바로 그것이었다.

하지만 그 앱을 사용해 본 적이 없는 이사벨 로자니는 여전히 아리송한 표정을 짓고 있었다.

"그렇지만 그게 어떤 구조로 작동하는 건지 모르겠네요."

"그 앱의 목적은 약국에서 보유한 마스크의 재고를 알려 주는 건데요."

그때는 그런 시기였으니까. 마스크가 있으면 너 나 할 것 없이 싹 쓸어 가던 치열한 시기였다.

"상점이나 약국에서 앱에 마스크 재고를 입력하면 사용자들이 앱을 통해 확인할 수 있는 거죠. 입력하지 않으면 마스크 재고가 없는 것으로 표시되고요."

"음…… 그렇군요. 그런 시스템을 요오드에도 적용하는 거군요."

"네, 국가별로 각각 컨트롤해야 할 필요가 있지만."

이게 생각보다 어려운 부분이다. 앱에 요오드 재고를 입력하는 일을 전담하는 사람이 없으니 앱 사용자가 알아서 재고를 입력해야 하기 때문이다.

약국이야 요즘은 네비게이션 같은 기기에 표시되니 위치 정보는 어떻게 확보할 수 있다고 쳐도 자료는 그게 아니니까.

"중요한 건 그거죠. 없다는 것."

"네?"

"애초에 말입니다. 이유와 상관없이 없을 겁니다."

이유와 상관없이 갱신하지 않는 한 없을 테고, 없다면 사람들이 봤을 때는 무슨 생각이 들까?

"재고가 없다는 것 자체가 생존의 필수 요소에 대한 경쟁의 시작입니다. 코넬09바이러스 당시에 기억하실지 모르지만 휴지가 동난 적이 있었지요."

"아, 기억나요."

팬데믹 초기. 인터넷에서는 휴지를 만드는 재료와 마스크 만드는 재료가 같아서 머잖아 휴지를 만들지 못해 동날 거라는 소문이 돌았다. 그래서 사람들이 휴지를 수백 개씩 사서 쌓아 두고는 했었다.

물론 휴지와 마스트에 쓰는 재료는 완전히 다르고 당연히 헛소문이었다. 조금이라도 과학적 상식이 있다면 말도 안 된다고 생각했을 거다.

하지만 그때는 과학적 상식이나 질문이 아니라 생존 욕구가 사람들을 지배하던 시기였다.

"이것도 마찬가지입니다."

이 앱은 마치 사람들이 편하게 요오드 알약을 살 수 있게 해 주는 것처럼 보이지만 실상은 소수의 생존에 필요한 물건으로 경쟁시키는 역할을 한다.

"이게 당신이 말한 생존 경쟁이군요."

"맞습니다. 경쟁이 심해지고 자신의 생존이 불투명해지면 사람들은 그 원인에 대한 해결을 간절하게 바라게 됩니다."

"생존에 대한 투쟁이라……."

"중요한 건 그거죠. '요오드가 없다는 것'."

"공포 전략이라 이건가요?"

"애초에 요오드의 실제 재고와는 상관없이, 앱의 데이터를 갱신하지 않으면 앱상에서 요오드의 재고는 계속해서 없는 것으로 표시될 테니까요."

이유와 상관없이 재고를 갱신하지 않는 한 없을 것이다.

그런데 그걸 사람들이 본다면 무슨 생각이 들까?

"생존에 큰일이 생겼다?"

"네. 코델09바이러스가 극심히 유행하던 때도 마찬가지였습니다."

기본적으로는 앱에 재고가 뜨지 않는다.

그러나 누군가가 마스크의 재고를 등록해 줄지도 모른다는 기대감에 실제로 앱을 설치한 사람들이 많았고, 그래서 종종 마스크를 파는 곳을 찾아내기도 했다.

"그런데 우리가 종종 갱신해 준다면 어떻게 될까요?"

"그걸 확인하기 위해 사람들이 깔겠네요."

이제 사람들은 자기도 모르게 요오드를 생존 요소라고 생각하고 있다. 그러니 그 자료를 찾으려고 할 거다.

"그리고 텅 빈 화면은 더더욱 공포심을 자극하겠지요."

어디에서도 구할 수 없는 약. 그리고 언론은 그에 대해 신나게 떠들 거다.

"이제 공포가 전국으로, 아니 전 세계로 퍼질 시간입니다."

공포는 전략이다

'공포는 전략이다.'

이 말은 의외로 홍보 쪽에서 흔하게 사용되는 말이다.

보험이나 건강 보조제 같은 걸 팔 때 공포는 하나의 전략으로 이용되는데, 사람들의 두려움을 자극하는 형태로 생각보다 잘 먹힌다.

그리고 미국 역시 그런 공포 전략이 잘 먹히는 곳 중 하나였다.

그럴 만도 한 게, 미국이 워낙 넓다 보니 공권력이 미치지 못하는 곳이 많기 때문이다. 그래서 어느 정도는 각자도생이 필수였다.

한국처럼 경찰이 5~10분 내에 도착할 수 없고, 심하면 서너 시간씩 걸리기도 하기에 경찰조차도 집에 총 한 자루씩 두라고 하는 게 현실이다.

당연히 그런 각자도생의 삶은 미국에서의 기본적인 규칙이었고, 그랬기에 각 집마다 알아서 비상시를 버틸 수 있는 물건을 확보하는 건 너무 당연한 조치였다.

"없다니까."

"아니, 여기에 분명히 있다고 떴다니까."

붉은 모자를 쓴 사람이 핸드폰을 탁탁 두들기면서 소리를 고래고래 질렀다. 그러자 약사는 질렸다는 듯 말했다.

"그거 세 시간 전이야, 데이비드. 세 시간 전. 어떤 남자가 와서 그걸 싹 쓸어 갔어요."

"그걸 왜 다 줘!"

"아니, 총 들고 와서 다 내놓으라는데 뭐라고 해?"

"미치겠네!"

붉은 모자의 남자는 분노로 길길이 날뛰었다. 그럴 수밖에 없었다. 대충 그게 어떤 새끼인지 알 것 같았으니까.

"커슨이지? 그 새끼가 아니면 그렇게 무식하게 하는 놈은 없지! 커슨 이 개자식."

데이비드는 이를 박박 갈았다.

그는 소위 말하는 생존 주의자였다.

언제나 비상시를 대비하고 벙커에 온갖 무기를 쌓아 두고 전쟁을 준비하는, 소위 생존 주의자라는 집단 소속이었다.

그러나 그런 그도 생각하지 못한 게 하나 있었으니 바로 요오드였다.

전쟁이 터지면 식량도, 무기도 충분한 그의 벙커였지만, 많은 미국인들이 그렇듯 충분한 교육을 받지 못한 그는 피폭에 어떻게 대처해야 하는지에 대해서는 알지 못했다.

그런데 최근에 일본의 방사능 공격이 임박했다는 기사를 보고 방사능을 예방하기 위해서는, 그리고 치료하기 위해서는 요오드 알약이 필요하다는 걸 알게 된 것이다. 문제는 지금은 그 요오드 알약이라는 것을 구할 방법이 없다는 것이었다.

"데이비드."

약사는 그런 데이비드를 보면서 혀를 끌끌 찼다.

약사는 그를 안다. 알 수밖에 없다. 이 지역은 소위 생존 주의자들이 자신의 벙커를 만들고 틀어박히기 좋은 곳이니까.

도시에서 그리 멀진 않지만 땅값이 싸고 재개발 예정도 없다.

비록 주변의 도시에서 사람들을 다 흡수해 이제는 낙후된 촌동네가 되어 버렸지만 여전히 인프라가 남아 있는 지역이다.

그래서 소위 생존 주의자들에게 이 지역을 '핫 스팟'이라고 불렸다.

땅값이 싸고 인프라가 살아 있지만 사는 사람이 적어서 공격당할 가능성은 낮다. 비상시 문제가 터지면 도시 근처로 도움 받기도, 도심에서 물자를 찾기도 쉬운 동네.

그렇다 보니 이 지역에는 생존 주의자가 제법 많았는데, 그런 그들이 약사에게는 주요 손님이었기에 아는 사람이 많았다.

"당분간은 그거 못 구할 거야."

"아니, 왜?"

"말했잖아. 나야 워낙 독특하게 약을 파는 인간이라 미리 주문했던 거지."

생존 주의자들이 찾는 약은 일반인이 찾는 약과 다르다.

약사가 이번에 들여온 약도 혹시나 팔아먹을 수 있을까 해서 미리 대량 구매한 것이었다. 방사능 이야기가 나오자마자 바로 생존 주의자들이 생각났으니까.

"뭐? 그러면 어쩌자는 거야?"

"온라인을 찾아봐."

"온라인?"

"그래, 온라인에서 뭐라도 있지 않겠어."

"끄응, 온라인."

그 말에 데이비드는 눈을 찡그렸다. 하지만 확실히 온라인 말고는 이미 답이 없어 보였다.

거의 모든 약이 일본으로 빨려 들어가는 판국이니까.

"알았어."

⚖

"미친 새끼들?"

온라인을 찾아보니 요오드 알약이 분명히 있기는 했다.

만약 마약성 진통제라든가 했다면 당연히 못 구했겠지만 말 그대로 영양제 수준이기에 개인 간 거래가 불가능하진 않았던 것이다.

미국의 경우는 워낙 병원비가 비싸다 보니 이런 영양제류는 온라인에서 쉽게 구입해서 살 수 있었다. 아파서 병원에 가는 것보다는 미리미리 건강을 챙기는 게 좋으니까.

하지만 이건 해도 해도 너무했다.

"10알이 담긴 한 박스가 120달러?"

요오드 알약 10알이 담긴 작은 박스 하나에 120달러.

그나마 수량도 고작 남은 게 서른 개뿐이었다.

"미친."

이건 대놓고 배짱이지만 그렇다고 해서 안 사기도 애매했다.

하지만 데이비드는 머리를 부여잡았다.

"이거 사 봐야……."

이거 다 사 봐야 고작 300알이다. 그리고 하루에 1알씩 먹는다고 가정하면 고작 300일치다. 물론 그것만 해도 작은 양은 아니긴 하다.

"그런데……."

돈이 없다. 하나에 120달러인데 서른 개 다 산다고 하면 무려 3,600달러다.

그 정도 돈이 없는 것은 아니지만 그렇다고 해서 이게 제

값인지 걱정되었다.

"그래, 사자."

데이비드는 마음을 굳혔다. 하지만 이내 후회할 수밖에 없었다.

"이런 씨팔!"

구입 버튼을 누르는 순간 뜨는 글자, 품절.

잠깐의 고민이 단 한 번의 기회를 날려 먹은 것이다.

"젠장."

그걸 보면서 데이비드는 심각하게 고민했다.

"카슨 이 새끼를 털어야 하나."

그는 그렇게 말하면서 슬며시 자신의 총을 바라보았다.

⚖

─전 세계에서 요오드의 부족 현상이 벌어지고 있는 와중에…….

노형진은 뉴스를 보면서 싱글벙글 웃었다.

딱 예상대로 굴러가기 시작했기 때문이다.

극단적으로 부족한 요오드. 그리고 그 요오드를 매점매석하면서 유통을 거의 통제하자 너도나도 사 두기 위해 몸부림치기 시작했다.

그렇게 한참 뉴스를 보던 노형진은 핸드폰이 울리자 발신

자를 확인하고는 TV를 음소거 모드로 바꾸고 전화를 받았다.

"노형진입니다."

－거기 괜찮은가?

전화기 너머에서 들리는 김성식의 목소리. 노형진은 별일 아니라는 듯 아예 침대에 누워 버리며 말했다.

"개판도 이런 개판이 없죠. 그런데 한국은 어떻습니까?"

－한국도 난리 났네. 정부에서 다급하게 요오드 긴급 구입을 이야기하고 있기는 한데 없는 걸 어디서 만들어 오겠나.

김성식은 혀를 내두를 수밖에 없었다.

일본의 방사능 문제를 해결하기 위해 미국과 유럽을 끌어들인다는 말을 했을 때만 해도 뭔 소리인가 했다.

그런데 정말 교묘하게 그들이 끌려 들어오기 시작했다.

한국뿐만 아니라 미국, 유럽까지 요오드를 구하지 못하고 있어서 난리였고, 그 바람에 요오드를 구하기 위해 서로 웃돈을 외치는 분위기였다.

문제는 그런다고 해서 생산량이 갑자기 백 배 이백 배로 뛰어오르지는 않는다는 것이었다.

"아마 당분간은 전 세계에서 요오드 부족 사태가 더 벌어질 겁니다. 조만간 중국에서 슬슬 움직일 테니까요."

－중국?

"최근에 송정한 대통령님이 중국으로부터 압박을 받았다고 하더군요."

-그렇다고 들었네. 그런데 이번 문제랑 중국이 무슨 관계야?

　"중국이 일본과 전면전을 벌이도록 끌어낼 겁니다."

　-그게 이번 요오드 사태와 관련이 있다고?

　"네, 사실 궁극적인 목적은 그것 때문이기도 하죠."

　-어째서 말인가?

　"곧 중국에서도 요오드 부족 사태가 터질 테니까요. 아시겠지만 요오드 알약은 세계 곳곳에 있는 공장들에서 생산되지만 요오드 자체는 원재료입니다. 그런데 그 원재료의 가장 큰 공급처가 어디겠습니까?"

　-중국이군.

　"네. 그리고 중국도 이 사태를 모르지는 않을 겁니다. 그렇다면 선택지는 두 가지죠."

　-그렇군.

　하나는 미친 듯이 공장을 굴려서 요오드를 생산해 전 세계에 공급한다.

　다른 하나는 일단 자기들부터 사는 거다.

　"일반적인 상황이라면 수출을 생각하겠습니다만……."

　실제로 중국은 인간의 가치가 워낙 없다 보니까 수출을 우선시하는 분위기다.

　"하지만 중국은 자국민의 눈치를 많이 보거든요."

　-하기야 그건 그렇지.

　중국의 공산당 입장에서는 억압의 대상이자 통제의 대상

이지만 동시에 공포의 대상이 바로 중국의 인민들이다.

왜냐, 그들이 한꺼번에 들고일어나면 막는 것 자체가 의미 없기 때문이다.

이쪽이 아무리 무기를 쥐고 있고 강력한 화력을 가지고 있다고 해도 저쪽은 수십억 단위다. 총알이 떨어지고 총이 달궈져서 휘어질 정도로 쏴 대도 한 줌도 죽이지 못하는 숫자다.

그걸 그 어느 때보다 잘 써먹은 게 바로 6.25전쟁이 아니던가? 그걸 시도했었기에 당하는 입장에서 그게 얼마나 지옥 같은지 아는 공산당은 중국 인민들을 두려워할 수밖에 없었다.

그들의 통제가 심한 이유도 바로 그 두려움 때문이었다.

"그리고 이제 중국 인민들이 슬슬 들고일어날 겁니다. 아시겠지만 중국의 반일 감정은 전 세계가 알아주거든요."

─그렇지?

"중국이 아무리 황금 방패로 외부와의 인터넷 공유를 막는다고 해도 말이죠. 전 미국과 유럽이 이 지랄로 난리가 났는데 모를 리가 없죠."

─설마?

"네, 이제는 중국에서도 요오드가 부족해지기 시작할 겁니다. 그리고 중국의 인민들이 들고일어나겠죠."

중국은 이제 원하든 원치 않든 일본과의 전쟁의 전면으로 끌려 나올 시간이었다.

꽝!

샹량핑은 분노했다. 그럴 수밖에 없었다.

"겁쟁이? 나보고 겁쟁이라니!"

"주석 동지, 진정하십시오."

"진정? 이게 지금 진정할 일인가? 일본 저놈들이 뭔 짓을 하는지 전 세계에서 소문났는데?"

일본의 방사능 공격. 그건 다른 사람들에게도 큰 충격이었다.

사실 일본의 오염수 방류에 관해 중국은 원래도 극렬하게 반대하고 예민하게 반응했었다.

당연했다.

전 세계에서 가장 먼저 피해를 입는 건 바로 중국이니까.

도리어 한국은 지리적으로는 가까워도 해류의 영향으로 방사능오염수의 영향을 상당히 늦게 받는 데에 비해 중국은 그냥 다이렉트였다.

"그런데, 보고 못 받았나?"

"받았습니다."

"그런데도 나한테 겁쟁이라고?"

전 세계에서 시작된 충격이 중국을 덮쳤다.

그리고 일부에서는 샹량핑이 겁쟁이라면서 조리돌림이 시작되었다.

물론 중국 정부는 어느 때보다 빠르게 그걸 차단했다.

하지만 아무리 그래도 해외에서 흘러오는 이야기를 다 막을 수는 없었다.

"허? 내가 일본 따위로부터 돈을 받고 방사능오염수 방류를 묵인한다고?"

샹량펑은 기가 막힌 표정으로 중얼거렸다.

현재 중국 정부가 일본의 방사능오염수 방류에 대해 극렬하게 반대하지 않는 것은 사실이다. 그러나 그건 지금이 일본의 방류 계획을 막기 위한 뾰족한 방법이 없는 상황이라 극렬 반대하기가 애매하기 때문이다.

지금 건설 중인 곳에 미사일을 쏘거나 군함을 보내서 포격할 수 있는 것도 아니지 않은가?

"주석 동지, 그렇다고 해서 일본에 공격할 수는 없지 않습니까?"

"일본 놈들은 뭐라던가?"

"내정간섭 하지 말랍니다."

"내정간섭? 지금 전 세계를 방사능으로 공격하려고 하면서 우리더러 내정간섭이라고!"

단어의 선택이란 이렇다. 일본 정부는 계속해서 방류를 외치고 있었지만 정작 사람들은 그게 전 세계를 대상으로 한 일본의 방사능 공격이라고 생각하고 있었고, 그랬기에 샹량펑조차도 그렇게 받아들이기 시작한 것이다.

심지어 중국은 가장 극심하게, 그리고 가장 강력하게 피해를 입을 나라가 아니던가?

"이놈들이 끝까지……."

분노를 주체하지 못해 부들거리는 샹량핑. 그런 그에게 주명위가 강하게 말했다.

"샹량핑 주석 동지, 우리도 어떤 식으로든 보복해야 합니다."

"하지만 무슨 수로? 미사일이라도 쏴야 한단 말인가?"

"그럴 수는 없습니다만 경제적 보복이라도 해야 하지 않겠습니까?"

"경제적 보복?"

"그렇습니다."

"그것도 방법이기는 한데……."

하지만 샹량핑은 뭔가 꺼림칙했다.

물론 그것도 방법이다. 하지만 왠지 혼자서 일본과 싸우는 그림이 되는 게 영 마음에 들지 않았다.

"얼마 전에도 한국에 줄 똑바로 서라고 말했는데."

한국이 아직 눈치를 보고 있는데 자신들이 먼저 나서서 싸운다면, 한국은 구경만 할 뿐 아무것도 하지 않으려고 할 가능성이 컸다.

"샹량핑 주석 동지, 그러면 다른 것부터 시작하시지요."

"다른 것?"

"그렇잖아도 지금 중국에 요오드 공장이 비명을 지르고 있

습니다. 중국 내부에서도 요오드 알약의 소비량이 급증하고
있습니다."

"그래?"

"네."

먼 유럽과 미국도 난리인데 직격당하는 중국의 인민들 입
장에서는 불안하지 않을 리가 없다.

"그 바람에 중국에서 생산하는 요오드 알약을 보충할 방법
이 없습니다."

"흐음."

"그러니 요오드의 수출을 제한하시는 게 좋을 것 같습니다."

"요오드의 수출을 제한한다?"

"동지를 욕하는 양키 놈들입니다. 지금은 그놈들이 중요
한 게 아니지 않습니까?"

"그건 그렇지."

"코넬09바이러스 때도 얼마나 고생했습니까?"

그 말에 샹량핑은 눈을 찡그렸다. 그건 사실이었다.

코넬09바이러스 당시 어느 틈엔가 위생용품과 마스크 공
장 들이 모조리 해외로 이전해 버려서 어쩔 수 없이 아직 이
전하지 않은 위생용품 공장 장비들과 마스크 공장을 국유화
해야 했는데, 그 바람에 많은 기업들이 국유화에 공포를 느
끼고 중국에서 이탈해 버렸던 것이다.

"그 전에 미리 합법적인 방식으로 예방해 놔야 합니다."

자라 보고 놀란 가슴 솥뚜껑 보고 놀란다고 했다.

샹량핑은 그 코뎰09바이러스 문제가 얼마나 심각한지 온몸으로 겪었기에 그 말을 심각하게 받아들였다.

하마터면 세 번째 연임이 날아갈 뻔했으니까.

어쩌면 자신이 중국의 황제가 되는 계획도 빠그라지는 것을 넘어서서 자신의 목이 날아갔을지도 모른다.

샹량핑은 결심했다.

"좋아. 요오드의 수출을 막는다. 단, 계약된 분량은 내보내. 그것도 막아 버리면 곤란하니까."

"좋은 생각이십니다."

그런 샹량핑의 계획에 주명위가 첨언했다.

"일본 수출을 막아 버리시죠, 동지."

"일본 수출? 하기야, 일본 놈들이 이 공격의 핵심이니까."

그놈들이 전 세계에 있는 모든 요오드를 사들이고 있다. 이건 방사능 공격 직전에 자기들을 지키기 위한 걸로밖에 보이지 않았다.

"일본 수출은 오늘부터 중단, 다른 나라들은 계약 분량 이후부터 수출 금지다. 그리고 전량 요오드 알약을 만드는 데 투입해서 인민에게 공급되는 알약의 재고를 확보하도록."

"좋은 생각이십니다, 주석 동지."

그들은 자신도 모르게 그렇게 한 발자국 더 안으로 들어갔다.

중국, 전 세계에 요오드 수출 금지

"당신 말대로네요?"

이사벨 로자니는 기가 막혔다.

노형진이 조만간 중국에서 요오드 수출 금지를 할 거라는 이야기를 하기는 했었다.

하지만 설마 그게 실제로 이뤄질 거라고는 생각 못 했다.

왜냐하면 마이스터가 중국과 사이가 좋지 않은 데다 코넬 09바이러스가 유행하는 시기를 기준으로 중국의 영향에서 벗어나다시피 했기 때문이다.

물론 중후반쯤 위생용품 공장을 다시 중국에 넘기면서 자연스럽게 화해의 손길을 내밀었고 중국도 다급하게 받아들이기는 했지만, 그렇다고 해서 과거처럼 중국이 한국에 강력한 영향력을 미칠 수 있는 상황은 아니었다.

그런데 노형진이 말하는 대로 되다니.

"뭐, 전략이라는 게 그런 거죠."

노형진은 싱글벙글 웃으며 말했다.

"자, 이제 다음 계획을 시작할 때군요."

"아직도 안 끝났다고요?"

"선동이라는 건 한 번에 이루어지는 게 아닙니다. 그리고 전 세계를 대상으로 이루어지는 선동이라면 더더욱 복잡하죠."

"선동이라는 말은 좀……."

노형진의 말에 이사벨 로자니는 불편한 얼굴이 되었다.

하지만 노형진은 단호하게 말했다.

"결국 자연보호를 하자는 것도 선동일 뿐입니다."

"우리는 숭고한 목적을 가지고……."

"히틀러도 독일의 부흥이라는 목적을 가지고 시작했죠. 아, 물론 그린어스가 그런 나쁜 조직이라는 건 아닙니다. 하지만 계획을 진행하기 위해서는 때때로는 선의가 아닌 악의도 필요하다고 말씀드리는 겁니다."

그 말에 이사벨 로자니는 고개를 끄덕거렸다.

실제로 선의로 이야기하는 경우 인간들은 거의 관심을 가지지 않는다. 그렇다 보니 테러 행위를 통해 관심을 이끌어 내야 한다는 잘못된 생각을 가진 단체들이 나타나는 원인이 되기도 한다.

"그러면 우리는 뭘 해야 합니까?"

"뭐, 이제 돈 벌어야지요. 투자한 돈이 있는데."

"네? 그게 무슨 말이죠?"

"말 그대로입니다. 저는 이 계획을 진행하면서 손해 볼 생각은 없습니다만?"

그 의도가 선한 것과는 별개로 손해를 벌충할 계획이 있는데 시도하지 않을 이유가 없다.

"이제 와서 요오드 알약을 팔겠다는 겁니까?"

"네."

"아니, 그러면 의미가! 그냥 사기잖습니까?"

그저 매점매석을 통한 가격 인상일 뿐이지 않은가? 그게 일본의 방사능 공격 예방과 무슨 관계가 있단 말인가?

"파는 방식이 다르거든요."

"파는 방식이 다르다고요?"

"네, 온라인이나 오프라인으로는 팔지 않을 겁니다."

"온라인이나 오프라인으로 안 판다는 게 뭔 소리죠? 그거 말고 다른 방법이 있어요?"

온라인이란 인터넷으로 판다는 거고 오프라인이란 약국이나 허가를 받은 가게를 통해 판다는 소리다. 그런데 그거 말고는 팔 방법이 없었다.

"하나 있습니다."

"하나 있다고요?"

"네."

노형진은 싱글벙글 웃으며 말했다.

"암시장, 이라고 하죠."

암시장. 노형진의 새로운 수익처였다.

"암시장에서 팔리기 시작한다면 사람들의 생각이 바뀔 겁니다."

"아!"

암시장에 흘러나오는 물건은 둘 중 하나다.

첫 번째는 불법적인 물건. 그렇기에 일반인은 암시장을 잘 쓰지 않는다. 하지만 두 번째에 해당되는 물건들이 있는 경우 암시장을 찾아온다.

그건 다름 아닌 쉽게 구할 수 없는 물건이다.

당장 북한의 장마당이라는 암시장도 한국의 영화나 드라마에서 묘사되는 북한 입장에서 불법적인 물건이 아닌 쌀이나 의약품 같은 필수품을 판다.

"암시장의 이미지는 체제의 붕괴죠."

당연히 구할 수 있었던 물건을 이제는 암시장에서밖에 구할 수 없다. 그 사실 자체만으로도 사람들에게는 불안과 공포 그리고 두려움을 준다.

"전쟁이란 그런 거니까요."

전쟁이 터지면 모든 것이 총력전으로 넘어가면서 그동안은 당연히 구할 수 있었던 것을 암시장에서 구하게 된다.

의외로 이건 중요하다. 전쟁 중이라고 해도 마트가, 그리고 약국 같은 곳이 멀쩡하게 굴러간다면 사람들은 전시라고 체감하지 못한다. 러시아가 그렇다.

그들은 여전히 러시아-우크라이나 전쟁이 특별 군사작전이라 믿고 있다.

"하지만 필요한 걸 구하기 위해 암시장이 전면에 나선다면……."

설사 자기가 구하는 게 아니라고 해도 현 사회 시스템의 붕괴라고 생각하게 될 것이다.

"그런……."

그리고 그걸 느끼는 순간 암시장은 더더욱 활발하게 굴러갈 것이다.

"그러니까 좀 비싸게 팔아야겠네요, 후후후."

⚖️

암시장.

전 세계에 있는 알려지지 않은 곳. 소위 말하는 블랙마켓.

당연하게도 블랙마켓은 대놓고 시장을 만들어서 팔진 않는다.

물론 북한의 장마당같이 아예 터를 잡고 영업하는 곳이 없는 건 아니다. 하지만 그건 국가에서 그저 모른 척하기 때문에 가능한 거다.

예를 들어 한국에도 도깨비시장이라는 암시장을 뜻하는 명칭이 있다.

물론 불법적인 물건을 유통하는 건 아니지만 그 대신에 정상적인 유통 경로에서 벗어난 물건을 판다. 가령 밀어내기를 당했다거나, 아니면 재고를 떠넘겨 받았다거나 하는 식으로 말이다.

그리고 노형진이 노린 암시장은 다름 아닌 군사 계열의 암시장이었다.

"뜬금없이 요오드 알약을 거래하겠다고? 그것도 군사 무기 암시장에서?"

남상진은 기가 막힌 표정으로 확인하듯 되물었다.

다급하게 유럽에서 보자고 해서 날아왔더니 터무니없는 이야기를 들었으니까.

"그래, 가능하지?"

"아니, 가능하기는 하지. 암시장에서 안 파는 건 없으니까. 하지만 그걸 누가 사겠냐고."

제대로 된 나라라면 요오드 알약은 어느 정도 비축하고 있다. 한국도 그렇다. 왜냐, 방사능전 대비용이기 때문이다.

"요즘 사회에서 요오드 알약으로 난리인 건 알지만 말이지, 군사 계열에서는 의미가 없는데?"

"그렇긴 하지."

물론 암시장을 쓰는 사람들은 대부분 그런 체계적인 국가가 아니다. 예를 들어 소말리아 같은 나라는 방사능 예방 같은 게 의미가 없다. 왜냐, 방사능 영향을 받을 정도면 핵전쟁이라는 건데 핵이 없는 가난하고 약한 나라는 그런 핵전쟁에서 할 수 있는 게 거의 없으니까.

"그러니까 우리가 사야지."

"뭐라고? 그러니까 네 말은 그걸 네가 팔고 네가 다시 사겠다고?"

"그래."

"왜? 그래 봤자 수수료만 나갈 텐데?"

더군다나 암시장의 수수료는 절대로 싸지 않다. 그런데 암시장에서 요오드 알약을 팔겠다니?

그러나 노형진은 태연하게 고개를 끄덕였다.

"그러니까 팔겠다는 거야. 어떻게, 가능해? 아, 그 기본적으로 그거 파는 거랑 사는 거랑 감추는 건 기본이지?"

"당연하지."

"그러면 소문 정도는 내줄 수 있지?"

"소문?"

"그래, 어떤 나라에서 구입했다든가."

"음......."

남상진은 미심쩍은 얼굴로 노형진을 바라보며 고개를 끄덕거렸다.

"불가능한 건 아니지. 은밀하게 소문나기야 하니까."

실제로 미국도 그런 암시장을 이용한다.

물론 자기네 무기를 사는 건 아니다. 도리어 적성국의 무기들을 사서 분석하거나 하는 데 사용한다.

그리고 그건 러시아와 중국도 마찬가지.

"그러면 그걸 사는 나라가 일본이라는 소문도 내줄 수 있어?"

"일본?"

"그래."

남상진은 고민할 것도 없다는 듯 어깨를 으쓱했다.

"그거야 어렵지 않지. 일본에서 이체시키면 알 놈들은 아니까."

"그러면 그렇게 하면 되겠네."

"그런데 왜 그런 짓을 하는 거야?"

"물어볼 필요가 있나?"

"하긴, 필요 없지."

그렇게 대답하면서 남상진은 자신이 멍청한 짓을 했다고 생각했다.

묻지도 따지지도 않는다. 그게 암시장의 핵심 아니던가?

"그래. 그러니까 한 20톤 정도 되는 물량을 풀 거야. 그중에서 10톤은 일본으로, 나머지는 전 세계 곳곳으로 팔린 것처럼 꾸며 줘 봐."

"가능하기는 하지. 하지만 수수료는 절대로 싸지 않을 거야. 거기다가 은밀하게 소문내려고 한다면 더더욱."

"걱정하지 말고."

노형진은 씩 웃으며 말했다.

소문을 냈을 때의 상황을 생각해 보던 남상진이 불쑥 물었다.

"그런데, 만약 다른 곳에서 산다고 하면?"

"뭐…… 혹시나 그런 곳이 있다면 거기를 우선시하고."

"뭐, 그런 조건이라면야."

만일 안 된다고 하면 애매해진다.

이미 구매자가 나타난 물건을 매물로 내놓는 것은 업계에서 신용을 잃어버리는 행동이니까.

하지만 노형진이 제시한 조건은 간단했다.

아무도 사 가지 않으면 내가 사 간다.

두둑한 중계료를 챙길 수 있으니 손해 볼 건 없다.

더군다나 노형진 덕분에 남상진의 파워는 업계에서 엄청
나게 커진 상황이다. 러시아─우크라이나 전쟁에서 벌어들인
수익이 엄청나게 났으니까.

그러니 그런 소문을 내는 것 정도는 어렵지 않을 거다.

"그러면 부탁한다."

노형진은 싱글벙글 웃으며 말했다.

그리고 그 모습을 보면서 남상진은 왠지 꺼림칙한 기분에
눈을 찡그릴 수밖에 없었다.

⚖

얼마 후 암시장 업계에서 소문이 돌기 시작했다.

'일본에서 10톤이나 되는 요오드 알약을 암시장을 통해 구
입했다.'

그리고 그걸 사람들은 다르게 받아들였다.

"이거 대놓고 싸우자는 거 아닌가?"

"그렇겠지."

미국 생존자들 모임에서 소문은 빠르게 돌았다.

    전쟁이 시작하기 전에 그에 상응하는 물자를 확보하는 것은 너무나 당연한 일.

    "그래서, 소문은 확실해?"

    "확실해."

    "일본에서 요오드를 10톤이나 구입했다면 공격이 얼마 안 남았다는 거지."

    "이런 개 같은 옐로 몽키 새끼들."

    일본의 방사능 공격은 생존자들 사이에서 최고의 화두였다.

    대부분 전쟁 같은 걸 생각했고 때로는 좀비들 같은 황당한 생각을 하기도 했지만 그 와중에도 방사능 공격은 생각도 하지 않았기 때문이다.

    "하긴, 일본에서 공격 시설을 만든 지 좀 오래되었으니까."

    방류 시설은 이제 공격 시설이 되었다. 그리고 그것과 관련된 진실이 하나둘 전 세계에 퍼지고 있었다.

    "일본에 공격 시설을 점검한다는 이야기는 뭐가 어떻게 된 거야?"

    "그게 웃긴 건데, IAEA는 단 한 번도 건설 현장에 가 본 적이 없는 모양이야."

    "뭐? 그게 뭔 소리야?"

    "최소한의 점검도 하지 않았다는 거지. 그들은 서류만 받아서 점검 중이래."

    "아니, 잠깐. 그러면?"

"그래, 일본에서 정수하지 않고 방류해 버려도 IAEA는 막지 못한다는 거지."

"이런 개 같은 새끼들이!"

"언제는 안 그랬나?"

다들 그 말에 고개를 끄덕거렸다. 실제로 그게 틀린 말은 아니니까. 정부와 인간을 믿지 않았기에 생존 주의자가 된 것이 아니던가?

"방사능 공격을 막기 위해서는 뭐든 해야 하는데."

생존 주의자라고 해서 문명이 망하기를 원하는 게 아니다. 그저 무너질 가능성이 높다고 생각할 뿐이다.

그들이 벙커에 틀어박히는 것은 최악의 상황이지, 그걸 원하는 것은 아니다.

"아니, 그걸 떠나서 요오드라도 구해야 하는데."

"여어…… 친구들. 내가 왔다네."

그 순간 그들 사이에 끼어드는 대머리 남자.

데이비드는 그런 그를 보고 순간 욱해서 그의 멱살을 잡아챘다.

"이 개 같은 새끼. 카슨 넌 오늘 내 손에 뒈질 줄 알아!"

"캑캑."

"뭐 하는 거야, 데이비드!"

"이 새끼가 우리 구역에 있는 요오드를 싹 쓸어 갔다고!"

그 말에 다들 눈빛이 흉흉해졌다. 그도 그럴 게 이들도 요오드를 구하지 못해서 다급한 상황이니까.

아무리 생존 주의자라지만 그래도 나름의 규칙이 있다. 그 중 물자를 독점해서 타인의 죽음을 유도하는 것은 금지 사항이었다.

"내놔! 요오드 내놓으라고!"

"캑캑, 자…… 잠깐…… 놔줘, 놔줘……. 구할 데가 있으니까, 캑캑."

"뭐?"

"캑캑…… 이거부터……."

그 말에 데이비드는 일단 손을 놨다. 그리고 그제야 캑캑거리면서 카슨은 숨을 돌렸다.

"거짓말하는 거라면 일 터지면 네놈 대가리부터 박살 낼 거야, 카슨."

"알아. 안다고, 친구들."

카슨도 굳이 적을 만들 생각은 없었다.

비상시에 서로 적이 될 수도, 아군이 될 수도 있는 그런 사람들이 아니던가?

"그런데 요오드를 구할 수 있다니 무슨 말이야?"

"내가 아는 딜러한테서 연락이 왔어. 요오드가 있으면 좀 팔아 달라고 했거든. 이번에 1,100파운드 정도 구했다더군."

"1,100파운드?"

그 말에 다들 눈에 불이 켜졌다.

1,100파운드는 대략 500킬로그램. 절대로 작은 양이 아니니까.

"요오드 알약을?"

"그래."

"어떻게?"

"일본으로 넘어가는 걸 암시장에서 빼돌린 모양이야."

그 말에 모두의 시선이 다른 사람에게로 쏠렸다. 그가 암시장에서 요오드가 나왔다고 이야기했으니까.

"확실히, 10톤은 일본으로 넘어갔지만 다른 놈들도 사 간 모양이더군. 그것도 한 10톤 되나 보던데."

그중 일부가 드디어 암시장에 풀렸다는 거다. 그리고 그 말을 들은 사람들은 얼굴이 어두워졌다.

"젠장, 좆 된 것 같네."

암시장에서 필수품이 올라오기 시작했다.

그건 체재가 무너지기 시작했다는 증거다.

"일단 그거부터 사야겠네. 그걸 구하는 대로……."

"다 살 수는 없어. 1인당 1파운드야."

"아니, 씨팔. 장난해?"

물론 양으로 파는 약을 예쁘게 포장해서 팔지는 않을 테니 그 양이 작지는 않을 거다. 하지만 그와 별개로 고작 1파운드라는 건 불안감을 자극하기 충분했다.

"어쩔 수 없어. 지금 그걸 구하려고 전 세계가 난리야. 병원조차도 끼어들었다고."

"병원?"

"그래, 마이스터 계열의 병원에서도 암시장을 통해 요오드를 구매하려고 나섰어."

그 말에 다들 놀랐다.

전 세계에서 가장 정보력이 뛰어나다고 알려진 게 바로 마이스터 계열이다. 그런 곳이 심심하다고 암시장에서 요오드를 구하지는 않을 거다.

그 말은 마이스터조차도 이 공격을 기정사실화하고 있다는 소리였다.

"그거 어디서 구할 수 있어?"

카슨을 보면서 데이비드는 차갑게 물었다.

"당장 말해."

다들 마음이 급해져서 발을 동동 구르기 시작했다.

⚖

"뭐? 요오드가 부족해?"

그리고 그 시각, 일본 보건성의 국장은 심각한 얼굴을 하고 있었다.

"네, 요오드가 미친 듯이 나가고 있습니다."

"끄응……."

일본의 위생을 책임지는 보건성의 국장은 생각지도 못한 보고에 기가 막혔다.

"아니, 대체 요오드가 다 어디로 간 거야? 요즘 이상한 소문이 돌던데?"

"네, 저도 들었습니다."

'일본에서 요오드를 싹쓸이하고 있다.', '일본이 전 세계에 방사능 공격을 준비하고 있다.'라는 이야기는 아무리 일본이 갈라파고스화되었다고 해도 모를 수가 없었다.

당연하게도 일본 정부는 그에 대해 부정하고 있었지만 이미 전 세계에서 일본의 이미지는 '방사능 공격국'으로 변해 가고 있었다.

"그런데 전 세계에서 일본으로 수입되는 요오드 알약의 양이 장난이 아닌데 부족하다고?"

일단 이미지 문제는 둘째 치더라도 그건 기정사실이다. 그런데 물량이 부족하다니?

물론 일본이 후쿠시마 사태 이후로 요오드 알약에 대한 소비가 늘어나서 상대적으로 많이 소비하고 있지만 그렇다고 해서 이렇게 부족 사태가 벌어질 리는 없었다.

"들어온 요오드 알약이 어디론가 사라졌습니다."

"어디로?"

"저희도 잘……."

"환장하겠네."

일본에서 요오드는 절대적으로 필요하다. 입으로야 안전하다 안전하다 하지만 방사능이 사라진 건 아니니까.

당장 재건 사업에 투입하는 인원들에게도 요오드 알약을 제공해야 하고 급격하게 늘어나는 암이나 백혈병 환자들에게도 종종 요오드 알약을 공급해야 한다.

"그나마 확보된 약이 없는 건 아닌데……."

"아닌데 뭐?"

"그게, 수출 대기 물량입니다."

"수출 대기 물량?"

"네. 그게, 전 세계적으로 요오드와 요오드 알약의 수량이 부족하다 보니 자연히 가격이 오르지 않았습니까?"

"그랬지. 망한 중국 놈들."

그놈들이 갑자기 요오드 알약을 만드는 원료 수출 자체를 막아 버리는 바람에 전 세계적으로 물량이 부족해졌다.

요오드를 만드는 데에는 필요한 재료가 없으니 당연히 다른 나라들에서 가격이 오를 수밖에 없다. 당장 수술 등에 쓰는 살균제에도 요오드가 들어가니까.

"그랬더니 일부 기업들이 일본 내부의 요오드를 싹 쓸어서 수출을 준비하고 있습니다."

"뭔 개소리야! 우리나라가 급한데!"

다른 나라가 중요한 게 아니다. 다른 나라는 아직 방사능에 노출되지 않았음에도 벌써부터 지레 겁먹고 저 지랄이지만 일본은 실시간으로 방사능에 오염되어 가고 노출된 상황이다.

그렇기에 방사능으로 인한 피해를 막기 위해서라도 요오드는 필수적이다. 그런데 그게 돈이 된다고 수출한다니.

"그게 얼마나 되는데?"

"거의 싹쓸이 수준입니다."

"미친 새끼들!"

아무리 돈이 좋다지만 자국민이 죽을 수도 있는데 요오드를 수출하겠다니.

"안 되겠어. 이건 위에다가 말해야겠어."

"설마, 요오드 수출을 막으시게요?"

"전 세계적으로 요오드가 부족한 상황이잖아. 이 상황에서 요오드가 얼마나 중요한지 몰라서 물어?"

"그거야……."

"그리고 요오드가 단순히 방사능 치료제에만 쓰이는 게 아니잖아."

"그건 그렇죠."

사람들이 잘 모르는 사실 중 하나가 바로 요오드가 뇌의 발달에 영향을 미친다는 거다.

실제로 의외로 요오드 부족은 전 세계적으로 흔한 질병이다. 대략 인류의 3분의 1은 요오드 부족을 겪고 있다고 이야기한다.

한국이나 일본은 해산물, 그중에서도 해조류를 충분히 먹어서 결핍되지 않았을 뿐, 인도나 아프리카 내륙 지방은 요오드를 섭취하지 못해서 상대적으로 지능이 낮다는 통계도 있다.

미국이나 선진국에서 괜스레 요오드를 따로 먹거나 요오드 소금을 먹으라고 하는 게 아니다. 극소량이지만 인간에게 필수적인 게 바로 요오드다. 호르몬을 만들 때도, 그리고 뇌가 발달할 때도 꼭 필요하니까.

그러나 일본은 후쿠시마 원전 사고 이후로 그 소비량이 확 줄어든 상황.

그 상황에서 일상에서 요오드를 섭취하는 건 매우 중요한 일이었다.

"당장 위에 말할 테니까. 너도 방법을 찾아봐."

"수출을 금지시키는 건 힘들 겁니다."

"그러니까 방법을 찾으라는 거 아냐. 법적으로 대놓고 못 막더라도 다른 방법은 찾아봐야지."

국장의 말에 부하는 고개를 끄덕거렸다. 국장이 자리에서 일어났다.

"서둘러 봐. 중국에서 요오드 수출을 막은 이상 우리도 다급한 상황이니까."

그들은 서둘러서 움직이기 시작했다.

하지만 그 결과는 노형진이 원하는 일이었다.

전쟁이라는 건 때때로는 착각

일본은 민주주의국가이지만 동시에 반쯤은 봉건주의국가다.

국가의 왕이라 할 수 있는 일왕은 힘이 없지만 대대손손 정치를 하는 국회의원들은 힘이 있다. 그렇기에 그들은 자기들이 살 궁리만 한다.

"예상대로네요."

이사벨 로자니는 보고서를 보면서 혀를 내둘렀다.

"일본에서 꼼수를 통해 요오드의 수출을 막았어요."

요오드의 수출을 대놓고 막지는 않았다. 하지만 갑자기 수출에 관련해서 관세법을 들여다본다면서 허가를 내주지 않기 시작했다.

그리고 그런 경우 배는 어쩔 수 없이 해당 짐을 두고 떠날 수밖에 없다. 당연히 계약을 지키지 못한 기업들이 피해를 입겠지만 일본 정부는 그런 것에 신경 쓰지 않았다.

"자기네 기업들이 피해를 입는 걸 전혀 신경 쓰지 않다니 어이가 없군요."

"죄다 새로 생긴 기업들이니까요. 그런 회사들이 정치인들에게 뇌물을 주거나 하지는 않을 테니까."

자기들에게 뇌물을 주는, 이제는 시대에 도태된 포경 회사를 밀어주기 위해 수백만 엔을 쓰는 것에는 관심이 많지만 자기들에게 돈을 주지 않는 기업들이 망하는 것은 방관하는 게 일본의 정치인들이다.

그건 노형진이 키운 정치인이라고 해도 다를 바가 없다.

왜냐, 애초에 그런 용감하고 부지런하고 신념 있는 정치인 후보생들은 노형진이 키우지 않았으니까.

도리어 사기꾼들을 적극적으로 밀어줬고 그들은 그런 일본 정치 구조에 아주 쉽게 스며들 수 있었다.

그랬기에 그들은 받아먹을 수 있는 건 다 받아먹고 있었다.

당연히 일본이 아무리 조용히 그걸 처리하려고 해도 그런 정치인들을 통해 노형진에게로 자료와 증거가 넘어오는 건 어찌 보면 너무나 당연한 일이었다.

"이 정도면 충분히 약을 칠 수 있겠네요."

"이제 최종전에 들어가겠군요."

이사벨 로자니는 신기하다는 듯 서류들을 바라보았다.

일본에서 엄청나게 쌓여 있는 엄청난 양의 요오드.

그러나 사실 그건 반은 맞고 반은 틀리다.

일본에 요오드가 수입된 건 사실이다. 하지만 그걸 수입한 건 노형진이 은밀하게 차명으로 세운 기업들로, 당연히 요오드를 쌓아 두고 팔지 않고 있었다.

그렇기에 외부에서는 전 세계의 요오드가 일본에 쌓여 있는 것으로 보일지라도 실제 일본 내에서는 미칠 듯한 요오드 부족을 경험할 수밖에 없었다.

"정치인들과의 접촉은 어느 정도 끝났습니까?"

"네. 그런데 대부분의 정치인들은……."

"네, 알고 있습니다. 일본의 오염수 방류, 아니 공격에 대해 관심이 없죠."

자신들은 요오드도 충분히 섭취할 수 있고, 바다에서 살아가는 사람도 아니며, 이미 일본 정부로부터 두둑하게 돈을 받은 후니까.

실제로 일본 방사능 방류 당시에 각국의 정부들은 형식적인 항의도 하지 않은 곳이 대부분이었다. 이미 받아 처먹은 게 있으니까.

"이제 그놈들을 공격해야지요. 과연 그놈들이 어떤 말을 할지 재미있겠네요."

아마도 별의별 창의적인 거짓말과 변명이 나올 거다.

그러나 그 어떤 변명도 소용이 없을 거라는 걸, 노형진은 이미 알고 있었다.

얼마 후 유럽과 미국의 신문에는 어떤 소식이 대서특필로
실렸다.

물론 주요 일간지가 아닌 소위 지라시라고 불리는 신문들
이었지만, 게재된 기사는 쉬이 무시할 것이 아니었다.

> 일본, 요오드의 수출 사실상 금지. 방사능 공격 시작 압박
>
> 전 세계는 방사능 전쟁 준비 중. 일본의 방사능 공격, 정부는 막
> 을 계획조차도 없어

마침내 일본의 방사능 공격이 천천히 각국의 정부를 향하
기 시작했다는 내용이었다.

그러나 그 기사의 핵심은 함께 게재된 사진이었다.

일본의 요오드 수출 금지 조치와는 대조적으로 거대한 창
고를 가득 채우고 있는 엄청난 양의 요오드 알약과 재료들.

그걸 본 사람들은 분노할 수밖에 없었다.

―이 개 같은 새끼들. 모조리 다 죽이려고 작정했네.

―중국 새끼들은 전 세계에 마약을 뿌려서 싹 다 망하게 하려고 하

더니 일본 놈들은 전 세계에 방사능을 뿌려서 싹 다 죽이려고 하네.

－이건 전쟁이다. 무력을 동원해야 한다.

사람들의 분노는 점점 치밀어 오르고 있었다.

그러나 그 분노의 한구석에는 희망도 있었다.

사실 사람들이 인식하지 못해서 그렇지, 분노에 희망이 따라오는 경우가 없는 것은 아니다. 아예 바꿀 방법이 없다면 포기하기 때문이다.

그런데 아직 일본이 오염수 방류를 하기 전인 만큼 아직은 그걸 막을 수 있다는 기대감이 있었다.

그리고 그 기대감은 그런 힘을 가진 사람들에게로 향했다.

"알렌 의원! 일본의 방사능오염수 공격에 대해 어떻게 생각하십니까?"

"에, 그건 일본 고유의 권한이고……."

미국의 소문난 일본통이자 친일파인 알렌 상원 의원은 기자의 질문에 진땀을 흘렸다. 하지만 이런 건 답변하지 않을 수가 없었다.

"알렌 의원의 지역구는 캘리포니아 지역 아닌가요? 일본의 방사능 공격에 바로 피해를 입는 지역인데 왜 일본의 방사능 공격을 옹호하시죠?"

"아니, 그건 아닙니다. 게다가 방사능 공격이라니요. 그건……."

"분명 해양법에는 방사능 물질의 투기를 막도록 되어 있는데, 그러면 해양법 위반이 아닌가요?"

"그건 일본의 고유 권한……."

"국제법보다 일본의 정치적 권력이 상위에 있다고 생각하시는 거군요."

"아니, 그건 아닙니다. 그건……."

"2년 전 다른 나라에서 자국의 영해에 오염 물질을 버리는 행동을 규탄한다고 하셨는데 왜 일본의 방사능 공격만 옹호하시는 거죠?"

"그것과 이번 일은 아예 경우가 다르다고 보이는……."

"과학자의 말에 따르면 차라리 그런 폐기물은 미국의 바다에 영향을 주지 않지 않지만, 방사능 공격은 8개월 이내에 미국의 영해를 방사능으로 오염시킨다는데, 왜 그런 사실은 언급하시지 않는 거죠?"

질문이 계속될수록 알렌은 점점 골치 아파질 수밖에 없었다.

'씨팔, 일본이었다면…….'

만약 이곳이 일본이었다면 정치인이 한 번만 소리를 질러도 아마 눈앞에 있는 기자는 질질 끌려 나가면서 살려 달라고 빌었을 것이다.

그러나 속으로 그렇게나 구시렁대면서도 알렌은 애써 웃으며 기자들의 질문에 대응했다.

하지만 도중에 들려온 질문에 그의 얼굴은 굳어질 수밖에 없었다.

"일본 계좌에서 200만 달러 이상의 돈이 입금된 흔적이 있던데, 이에 대해 하실 말씀 있습니까?"

순간 알렌은 자리에서 일어났다.

여기서 변명을 못 하면 위험하다. 문제는 이제 와서 변명해 봐야 의미가 없다는 거다.

"오늘 인터뷰는 여기까지입니다."

"알렌 의원! 하실 말씀이 없으신 겁니까!"

"제가 다음 일정이 급해서 이만……!"

알렌은 사무실에 기자들을 두고 황급히 밖으로 나왔다.

맘 같아서는 끌어내고 싶었지만 그랬다가는 더 심각한 공격을 받을 테니 자신의 사무실임에도 불구하고 두고 나올 수밖에 없었다.

"퍽! 퍽! 퍽!"

차에 올라탄 알렌은 이를 박박 갈며 욕을 연신 내뱉었다.

"저기, 의원님? 어디로 갈까요?"

그런 그를 백미러로 보며, 기사가 당황한 얼굴로 물었다.

의원에게 급한 일정 같은 건 없었기 때문이다. 게다가 다음 일정도 여기 의원 사무실에서 예정되어 있었으니 기사가 그렇게 반응하는 것도 당연했다.

"아무 곳이나! 저 병신 같은 기자 새끼가 없는 곳이라면 어디든지!"

그 말에 조용히 출발하는 알렌 상원 의원의 승용차.

뒷좌석에 몸을 기댄 채 알렌은 이를 박박 갈았다.

'어떻게 알았지? 아니, 찔러본 건가?'

문제는 어느 쪽이든 간에 기자가 이제 알렌이 200만 달러 이상을 받았다는 걸 확신하고 있을 거라는 거다.

'젠장, 이러면 골치 아픈데.'

일본의 오염수 방류에 대한 적대적 반응이 전 세계적으로 너무 심해졌다.

원래는 일본의 정치권으로부터 막대한 뇌물을 받고 모른 척하기로 이야기가 되어 있었다.

그런데 이 모든 게 틀어진 상황.

이 상황에서 일본의 오염수 방류에 찬성한다면 다음 선거에서 모가지가 날아가는 게 확정될 것이었다.

"의원님, 상황이 좋지 않습니다."

보좌관 역시 떨떠름한 얼굴로 말했다.

"알고 있어. 망할 쪽바리 놈들."

"아니, 그런 문제가 아닙니다. 지금 앤더슨 의원을 비롯한 일부 의원들이 모여서 일본의 방사능 공격을 선전포고로 받아들여야 하는 거 아니냐고 주장하는 중입니다."

"뭐? 그건 또 뭔 개소리야?"

앤더슨 의원은 캘리포니아가 아니라 내륙인 디트로이트의 의원이다. 그러나 이번 사태로 인해 일본과 사이가 안 좋아졌다. 일본의 자동차 수출로 인해 디트로이트 자동차 산업이 박살 났으니까.

거기다 일본도 그 사실을 알기에 그에게는 아예 뇌물을 주지도 않았다.

"사실상 일본의 공격인데 이걸 그냥 당한다는 건 미국의 자존심 문제라고……."

"아니, 공격이 아니라니까."

"설사 공격이 아니라고 해도 결국 오염수의 방류는 동일한 문제입니다. 해양법 위반이기도 하고요."

"씨팔."

그 말대로 국제법상 방사능오염수의 무단 투기는 절대 금지다.

하지만 일본은 국제법 알기를 개똥으로 알기에 그걸 신경쓰지도 않는 데다 방사능오염 물질의 재활용이나 격리보다는 뇌물이 싸다는 걸 알기에 적극적으로 방류하려고 하는 상황.

"분위기가 심상치 않습니다."

예상보다 극렬하게 반발하는 국민들. 그리고 그로 인해 떨어지는 지지율.

"시끄러워. 무조건 방류해야 해!"

어떻게든 진행해야 한다.

이제 와서 반대하면 일본이 자기에게 찔러준 돈에 대해 사방팔방으로 소문낼 거다.

"하지만……."

"어차피 조금만 지나면 아가리 닥칠 병신 같은 놈들이야. 일본이 어디에 있는지도 모르는 병신들이 떠들어 봐야……."

그 순간 '쾅!' 하는 소리와 함께 그의 차가 사정없이 바닥을 나뒹굴었다.

"으아악!"

운전기사도, 비서도 그리고 알렌도 비명을 질렀지만 차량은 멈추지 않고 밀려 나갔다.

그렇게 얼마나 밀려났을까.

마침내 차가 멈추었다. 알렌은 안전벨트에 의해 대롱대롱 매달려 신음했다.

"으…… 살려 줘…… 살려 줘……."

그는 살기 위해 꿈지럭거렸다. 그때 사람들이 몰려와서 문을 부수는 게 느껴졌다.

"살려 줘……. 나…… 알렌 상원 의원이야……. 지금 바로 병원에……."

그러나 말을 하던 알렌은 흠칫할 수밖에 없었다.

눈앞에 두건을 쓴 사람들의 모습이 결코 선량하게 보이지는 않았으니까.

"당신들은 누구……?"

"알렌 상원 의원?"

"그렇소. 내가 알렌 상원 의원이오. 당장 나를 병원으로……."

하지만 그 말은 끝나지 못했다.

그 대신에 그에게 밝은 조명과 카메라가 들이밀렸다.

"미국의 반역자 알렌 상원 의원! 네놈을 처단한다!"

"뭐? 이게 뭔 개소리야! 반역자라니! 반역자라니!"

"일본의 공격에 조국의 수호를 포기하고 그들을 위해 나라를 팔아먹은 죄. 그 죄를 묻겠다."

"자…… 잠깐!"

하지만 그들은 기다릴 생각이 없었다.

그 대신에 알렌에게 그대로 수십 발의 총을 발사했다.

타타타탕!

알렌은 총에 몸부림치면서 바닥에 쓰러졌고 이내 절명했다.

하지만 그들은 멈추지 않았다. 쓰러진 알렌의 머리에 수차례 총알을 발사해서 확인 사살을 하고는 물러났다.

"더러운 매국노 새끼."

남자들은 알렌이 타고 온 차량에 불을 붙이고는 자신들이 가져온 총기도 그 안에 던져 넣었다.

어차피 추적 불가능한 총이고 조사해 봐야 나올 건 없었다.

"가자."

그렇게 그들이 떠난 자리에 남은 것은 불타는 차량과 알렌과 그 일행의 시체뿐이었다.

⚖️

노형진은 혀를 끌끌 찼다. 설마 살인까지 벌어질까 했는데 진짜로 벌어졌으니까.

"아셨어요?"

그때 그 뉴스가 실린 다른 신문을 보던 이사벨 로자니가 노형진에게 물었다.

"아니요. 하지만 이렇게 될 가능성이 없지는 않았죠. 미국 의 자경단은 반쯤 테러 단체니까."

미국은 정부에 대한 저항권이 헌법에 보장되어 있기에 총 기를 막을 수가 없다. 당연히 그 헌법적 권리로 엄청난 숫자 의 자경단이 미국에 자생 중이다.

대부분의 자경단은 말 그대로 지역을 지키는 역할을 하지 만 일부 자경단은 정부가 부패했고 국민을 버렸다고 생각해 경계심이 지나친 나머지 미 정부에 적대적인 태도를 취하기 도 한다.

그래서 미 정부는 그런 자경단을 보통 테러 의심 단체로 분류해서 관리하고 있었다.

"그러니 오염수 방류를 공격으로 인식한다면 극단적인 자 경 활동을 할 가능성도 무시 못 하죠."

오염수 방류가 아닌 방사능 공격과 그걸 막지 않는 정부, 그리고 그걸 옹호하는 국회의원.

그 상황에서 일부 자경단원이 급발진하지 말라는 법은 없다.

"미국이 난리가 났군요."

자경단에 현직 상원 의원이 사살당한 것과 별개로 조사 결과 그가 일본으로부터 수백만 달러를 받은 게 드러나면서 자연스럽게 미국의 많은 사람들이 일본의 방사능오염수 공격을 미국 정부가 돈을 받고 감춰 주고 있다고 생각하기 시작했다.

"코넬09바이러스 백신도 맞으면 미다스의 노예가 된다고 믿는 놈들 천지인데 하물며 정황이 그러면 신뢰하기에 충분하죠."

심지어 코넬09바이러스가 핸드폰 전파를 통해 전파된다고 믿을 정도로 기초적인 지식이 부족한 사람들이 넘치는 곳이 바로 미국이다.

그러니 일본에서 돈 받은 정도는 그냥 대놓고 '일본에 미국을 팔아먹었다.'라고 생각할 영역이다.

"더군다나 일본은 미국을 한번 엿 먹였으니까."

몰래 함대를 동원해서 하와이의 진주만을 쑥대밭으로 만들었던 일본이다. 그리고 사람들은 아직도 그때를 기억한다.

"그렇잖아도 그걸 보고 미국의 일부 반대 의원들이 외치더군요. '진주만을 기억하라.'라던가?"

"네, 맞습니다. 그럴 만하죠."

방사능오염수의 방류가 아니라 공격이라 인식되기 시작했다는 방증이다.

"뭐, 이 정도만 해도 일본이 방류를 못 하겠죠."

이사벨 로자니는 왠지 안심한다는 얼굴이 되었다.

그런데 노형진이 피식 웃었다.

"일본을 너무 만만하게 보시네요. 그치들은 모든 걸 돈으로 해결할 수 있다고 믿는 놈들입니다. 시간이 지나면 다 잊어버릴 거라 믿을걸요. 실제로 그게 틀린 말도 아니고."

"설마, 그러면 무조건 방류할 거라는 건가요?"

"네. 아시잖습니까, 사회적으로 그리고 국제적으로 규탄받는 것과 별개로 일본의 국가 파워는 무시 못 한다는 걸."

그걸 아는 일본은 절대로 방류를 포기하지 않을 거다.

"기가 막히군요."

"그러니까 이제 다음 스텝을 밟을 겁니다."

"다음 스텝?"

생각지도 못한 노형진의 말에 이사벨 로자니가 눈을 동그랗게 뜨고 그를 바라보았다.

"이미 미국에서 다 준비되어 있습니다."

"그게 뭐죠?"

"암이나 백혈병에 대한 공격이죠."

"치료하자는 건가요?"

"네? 아니요. 다르죠."

"그러면요?"

"전쟁이 터지면 말입니다, 총상은 국가에서 책임지는 거지, 의료보험 회사에서 책임지는 게 아니지 않습니까?"

"그게 무슨……? 설마……?"

"네. 아, 물론 유럽은 상관없을 겁니다."

유럽은 미국과 달리 나름 의료보험 시스템이 잘되어 있으니까. 하지만 과연 미국은 어떨까?

"이걸로 미국에 쐐기가 박힐 겁니다, 후후후."

⚖

"뭐라고요?"

미국 보건복지위원회.

소위 말하는 CDC, 즉 질병청과는 다르다. CDC가 질병에 관한 예방을 주로 한다면 미국 보건복지위원회는 의료보험의 상품에 대한 심사 및 판단을 한다.

그런 곳에 최근 새로운 요구가 올라왔다.

"암이나 백혈병, 기타 질병 중 방사능 영향이 있는 질병에 대해서는 보험 적용을 철회시켜 주십시오."

"그게 뭔 말도 안 되는 소리입니까?"

보험회사들이 몰려와서 하는 요구는 사실상 미국의 복지

를 박살 내겠다는 소리로 들릴 수밖에 없었다.

"방사능 공격이 시작되면 암이나 백혈병 환자가 급증할 겁니다. 그걸 저희가 책임질 수는 없습니다."

"공격이라니요?"

"무시하지 마세요. 아시잖습니까? 일본은 방사능오염으로 암과 백혈병의 환자가 수십 배로 뛰었습니다. 그리고 이제 미국도 그 사태에서 무시 못 합니다. 이런 상황에서 보험을 기존처럼 적용하면 저희는 파산합니다."

"아니, 그게 무슨……. 아무리 그래도……."

"농담이 아닙니다."

물론 이 문제에 대해 이의를 제기한 건 다름 아닌 한국 계열의 보험사들이었다.

하지만 다른 보험사들 역시 무시할 수가 없었다.

실제로 그들은 일본의 질병 발병률에 대한 충분한 통계를 가지고 있고, 방사능이 얼마나 심각하게 질병 발병률을 끌어올리는지도 알고 있었다.

"여기는 일본이 아니에요!"

"하지만 이제 일본의 방사능오염수가 전 세계를 뒤덮을 겁니다. 이건 전쟁이에요."

"전쟁이 아니라……."

"전쟁 맞습니다. 전 세계에서 방사능으로 수십 수백만 명이 죽을 수도 있는 전쟁. 그런데 왜 우리가 그 치료비를 내야 하죠?"

"그건, 과학적으로 증명해야지요."

그 말에 갑자기 보험사 측 사람이 웃었다.

"하하하."

"왜 웃습니까?"

"아니? 언제부터 미국에서 과학이 우선시되었죠?"

"무슨 말입니까?"

"미국에서는 과학보다 우선시되는 게 있죠. 바로 소송이죠."

그 말에 정부 측 관계자의 얼굴이 노래졌다.

"설마 보험금을 지급하지 않겠다는 겁니까?"

"당연한 거 아닙니까? 이건 정부의 잘못이에요."

방사능오염수 공격을 방어하는 건 정부의 책임이다. 그러니 방사능오염수 공격을 막지 못했다면 그 책임 역시 정부에 있다.

"소송에서 질 수 있다는 생각은 안 해 보셨습니까?"

"물론 그럴 수도 있죠. 그래서요? 어차피 당사자가 죽으면 의미가 없죠."

"그……."

"그리고 설사 환자가 이긴다 한들 우리가 병원에 줄 돈보다는 작을 겁니다."

그 말이 사실이다. 암 치료비를 내느니 차라리 그 돈으로 삼백 명의 장례식 참가자들에게 2박 3일간 5성급 호텔과 최고급 룸서비스를 제공하는 쪽이 더 싸게 먹히는 게 미국의 현실이다.

"거기다가 사례가 없는 것도 아니고요."

"음⋯⋯."

실제로 일본에서 후쿠시마에 놀러 갔던 암 환자에게 보험을 제공하지 않으려고 소송한 적이 있었다.

그건 일본을 공격하기 위해 노형진이 취한 선택이지만 중요한 건 방사능으로 인한 소송이 실재했다는 것이었다.

실제로 사례가 있고 그로 인해 소송이 있었다면, 징벌적 손해배상의 확률은 그다지 높아지지 않기 때문이다.

징벌적 손해배상을 하기 위해선 기업이 알면서도 악의적으로 행동해야 한다.

문제는 이 방사능이라는 것이 기업이 고의적으로 뿌린 게 아니라는 거다.

당연히 징벌적 손해배상을 청구한다 해도 당사자는 그걸로 청구하기 애매하다는 거다.

징벌적 손해배상을 청구하기 위해서는 그걸 청구하는 당사자가 일본의 방사능오염수 공격으로 인한 영향이 없다는 걸 증명해야 하는데 그럴 수가 없다.

"심지어 그때 저희는 이기기도 했는데요."

실제로 후쿠시마 사태가 터진 후로 일본 방사능의 영향으로 암에 걸린 사람을 대상으로 한 소송이 일본에서 몇 차례 있었는데, 그중 일부는 보험사가 이겼다.

이것이 법이다

일본의 방사능은 위험한데 왜 굳이 그 시기에 일본에 찾아 갔느냐는 책임 요소가 인정되었기 때문이다.

지금이야 그게 어느 정도 정리되었다고 생각하기에 그에 대한 청구가 이루어지지 않지만 일본의 방사능 공격이라면 이야기가 달라진다.

"그런······."

"저희는 방사능 공격이 시작되면 소송을 시작할 겁니다."

그리고 미국답게 소송은 과학보다 우선시된다.

"큭."

그 말에 정부 측 사람은 당황해서 허둥거렸다. 그런 그를 두고 나오면서 미국의 보험사 측 사람들은 한국계 보험사 사람에게 물었다.

"이런다고 막을 수 있을까요?"

"무시는 못 하겠죠. 이제 전국으로 뉴스가 보도될 테니까."

"음, 손해가 커지면 안 되는데."

"그래서 이렇게 움직이는 거 아닙니까?"

사실 이들도 소송을 통해 보험금을 지급하지 않는 게 힘들다는 걸 알고 있다. 하지만 방사능이 암이나 백혈병을 유발한다는 것 또한 알고 있다.

농담이 아니라 이유를 불문하고 발병률이 1%만 올라가도 미국의 보험사들의 손해는 수천만 달러로 치솟을 것이기 때문이다.

돈독이 올라서 무좀을 사전에 고지하지 않았다는 이유로 암 치료비를 지급하지 않는 미국의 보험사들이 그 꼴을 보고도 가만있겠는가?

당연히 노형진은 한국계 보험사들을 선동해 그들이 자신들의 손실을 막기 위해 자연스럽게 뭉치게 된 것이다.

물론 이 압박이 미국 정부에 직접 영향을 못 줄 거다. 하지만 뉴스에 나갈 테고 국민들이 들고일어날 테고 그게 미 정부의 압박으로 작용할 거다.

일본의 사정을 봐주는 거? 일본이 뿌린 뇌물?

그 자체는 미 국민들이 반응하지 않을 때의 이야기다.

"우리는 기다리면 됩니다. 생각보다 상부의 결정은 생각보다 빠르게 내려질 테니까요, 후후후."

⚖️

얼마 후 미국 보험사들의 결정이 빠르게 소문났다. 애초에 그럴 목적으로 언론에 흘렸으니까.

당연히 미국 국민들의 분위기는 뒤숭숭해졌고 흉흉하기 그지없어졌다.

"그런데 이게 무슨 의미가 있죠? 미국 정부는 철저하게 일본을 편들어 주고 있는데?"

이사벨 로자니는 이해가 안 간다는 듯 고개를 갸웃했다.

그도 그럴 게 이런다고 해서 미국 정부가 이걸 가만 두고 볼 리가 없기 때문이다.

아무리 보험사가 날고뛰어도 결국 미국 내 기업. 미 정부의 압박에 굴복하지 않을 수가 없다.

"당연히 굴복하겠죠. 하지만 여기서 중요한 건 보험사가 굴복했다는 사실 그 자체예요."

"네? 어째서요?"

"미국에서 헌법적 권리를 국민들에게 각인시키기 위한 하나의 수단이기 때문이죠."

이사벨 로자니가 고개를 갸우뚱했다.

"네, 미국 헌법은 정부에 대한 반격권을 인정하고 있지요. 지난번에 말씀드렸죠?"

"아, 알렌 상원 의원 사건 말이군요."

"네."

노형진은 그 기억이 맞다면서 끄덕거렸다. 하지만 그 행동을, 이사벨 로자니는 더더욱 이해 못 했다.

"그건 아무리 좋게 봐도 테러인데요?"

"물론 그렇습니다."

그건 아무리 좋게 해석하려 해도 일부 자경단의 급발진에 불과하기에 만일 그들이 추적당한다면 미국의 철퇴를 피할 수가 없다.

"하지만 다른 주장이 주류가 된다면 어떨까요?"

"주류?"

"네, 만일 미국의 언론과 지라시 그리고 대다수 사람들이 미 정부가 자국민의 보호를 포기했다고 주장하기 시작하면 어떻게 될까요?"

"설마?"

순간 무언가를 깨달은 듯 이사벨 로자니가 충격 받은 표정으로 노형진을 바라보았다. 노형진이 고개를 끄덕였다.

"네, 그러면 그때는 국민들이 대놓고 스스로를 보호할 수 있는 권리를 얻게 됩니다."

이건 사람들이 생각하는 것보다 심각하다. 왜냐하면 미국의 전 국민이 자신들이 공격당하고 있다고 생각하는데 정작 미 정부는 공격당하는 게 아니라고 주장하면서 국민들을 억압하면 헌법적 권리에 의해 미국 국민들은 미국이라는 국가를 전복할 권리를 가지게 되니까.

"더군다나 여기서 비교군도 있죠."

"비교군?"

"중국 말입니다."

중국은 자국민을 보호하기 위해 요오드의 수출을 금지했다. 심지어 일본도 방사능 공격을 하기 위해 요오드의 수출을 통제한다는 뉴스가 보도되었다.

그런데 미 정부가 일본의 방사능 방류를 승인한다?

"솔직히 말해서 이걸 동의해 주는 건 미국뿐이잖아요? 안 그렇습니까?"

"하긴, 그건 그렇죠."

미국이 결정하면 서방은 대부분 따라가는 편이다.

물론 유럽은 자신들은 별개라고 주장하지만 애초에 일본은 '유럽 따위'라고 무시하면서 오로지 미국만 바라보니 무의미하다.

이를 반대로 말하면, 미국에서 반대하면 일본은 방류를 못하는 것이다.

"자, 이제 미국에서 국민들이 어떻게 반응하는지 기다리면 됩니다."

사실 답은 이미 정해져 있고 일본은 그걸 따라갈 수밖에 없다는 걸 노형진은 알고 있었다.

⚖️

미 정부는 국민을 버렸다

중국도 자국민을 보호하는 시대에 자국민 보호를 거부하는 미국

과연 미 정부는 미국의 정부인가? 아니면 일본의 정부인가?

일본, 드디어 미국을 먹다

사람들에게 알려지지 않은 게 하나 있다. 바로 미국 사람들은 일본에 대해 은근히 두려움을 가지고 있다는 거다.

정확하게는 그런 시절이 있었는데, 그걸 여전히 기억하고 있다.

일본이 과거에 잘나가던 시절. 잃어버린 30년이라 불리는 일이 벌어지기 이전의 시절. 일본의 도쿄를 팔면 미국의 영토 전부를 살 수 있다고 이야기되던 시절.

그 시절의 일본은 미국인들에게 은근한 두려움의 대상이었다.

그래서 그 당시에 나오는 수많은 영화 중 디스토피아물을 살펴보면 하나같이 일본이 미국을 지배하며 왜색으로 도배된 도시가 배경으로 자리하고 있다.

휘황찬란한 네온사인 조명, 사방에 가득한 일본어들.

그 시절의 일본에 대한 두려움이 은근히 드러나던 장면들이었다.

그리고 많은 사람들은 그걸 기억하고 있었다.

드디어 일본이 미국을 지배한다

황색 언론에서 나온 표현이었지만 그걸 가볍게 생각하는 미국인은 아무도 없었다.

자경단? 아니 의용군

미국의 정치권은 이 문제를 심각하게 이야기할 수밖에 없었다.

"이 일을 어쩌다."

"일본에서는 뭐라고 하던가요?"

"어차피 시간이 지나면 다 잊어버릴 놈들이라면서 은근히 뇌물을 주던……."

쾅!

그 말에 상원 의원 한 명이 극도로 화가 난다는 듯 탁자를 미친 듯이 두들겼다.

"그놈들이야 그렇겠지! 그 새끼들은 뇌물만 주면 뭐든 다 된다고 생각하는 놈들이니까!"

"어허, 로스 의원! 말을······."

"아니, 틀린 말 했소? 막말로 올림픽조차도 그놈들 뇌물로 사 간 거 아닙니까? 그런데 뻔하게 보이는 걸 뭘."

"아니, 그런 게 아니라······."

"그래서, 당신은 일본의 오염수 공격을 두고 보자는 겁니까?"

"오염수 공격이 아니라 오염수 방류일 뿐이고······."

"공격이고 방어고 방류고 결과는 같지 않습니까? 그게 방류되는 순간 온 나라가 뒤집어질 겁니다!"

"하지만 그건 시간이 지나면 자연스럽게 잊힐 문제 아닙니까?"

"너 이 새끼? 진짜로 일본 놈이냐? 일본이 언제부터 미국을 지배한 거야!"

"뭐? 말이라고 하면 다인 줄 알아!"

상원 의원들의 회의는 말 그대로 개판이었다.

일본으로부터 너무 두둑하게 받아먹다 못해 약점이 잡혀 있었던 의원들은 어떻게든 오염수 방류를 인정하려 하는 반면, 그들에게 받아먹은 게 없거나 이 상황에서 더 두고 봤다가는 다 죽겠구나 싶은 자들은 방류를 반대하거나 최대한 막아 보자는 입장이었다.

"일본 놈들이 언제부터 미국을 지배하고 있었는지······."

"세계 정치라는 게 그렇게 만만해!"

"만만한 건 정치가 아니라 네놈 계좌 아냐?"

개판이 된 상황.

"그만!"

상황을 보다 못한 상원 의장이 소리를 버럭 질렀다.

"이건 심각한 문제요. 헌법상의 정부에 대한 저항권 언급까지 나온 게 얼마나 심각한 문제인지 모르는 거요?"

"……."

"미국 역사상 단 한 번도 그 이야기가 나온 적이 없어요!"

실제로 그랬다. 물론 정치적 입장에서 정권이 불만족스럽다는 이유로 저항 운운한 경우가 없는 건 아니다. 하지만 지금은 소속과 집단을 막론하고 단 하나의 목적으로 이야기가 굴러가고 있었다.

바로 '정부가 시민을 버렸다.'라는 전제.

일부에서는 이게 정부에 대한 저항권이 필요한 이유라고 대놓고 말하고 있다.

"문제는 이걸 막을 수가 없다는 거예요."

헌법상 정부에 대한 저항권을 못 박아 놨는데 미 정부에서 그런 이야기의 언급을 막는다?

그러면 그날부터 미국은 바로 내전으로 들어간다고 봐야 한다. 물론 그 끝은 정치인들의 머리통에 시민들의 납탄이 박히는 걸로 끝날 거다.

미군에 제압을 명령해도 미군이 시민들에게 발포할 가능성은 높지 않으니까.

"지금이라도 언론을 통해 오해라고……."

"시도를 하지 않은 것도 아니지 않소?"

하지만 미국의 언론 역시 이 사태를 심각하게 받아들이고 있다. 일본의 지배를 받는 미국 정부. 이건 생각보다 심각한 문제니까.

"일본의 오염수 방류 문제에 찬성하는 것에 대해 다시 한 번 생각해 봐야겠어요."

"그건 이미 이야기가 끝난 거 아닙니까?"

"그래서? 대놓고 일본을 위해 오염수 방류에 찬성하겠다는 겁니까?"

"이미 오염수 방류 시설의 건설이 거의 끝나 가는데……."

"그건 일본에서 알아서 할 문제죠."

의장은 단호하게 말했다.

"잊지 마세요. 우리는 미국의 의원입니다."

마치 일본의 속국이 아니라는 걸 확실하게 하라는 듯 말하는 의장의 말. 그러나 일부 의원들은 그런 의장의 시선을 슬며시 피할 뿐이었다.

⚖

"성공한 것 같네요. 미 정부 내부에서 일본의 오염수 방류에 대한 대대적인 회의를 시작한 모양이에요."

미국은 그간 일본의 오염수 방류에 대해 호의적이었다.

그걸 처리하거나 재활용하는 데 쓸 돈으로 미국 물건이나 더 사라. 그런 입장이었기 때문이다.

하지만 일본으로 인해 미국이 내전으로 쑥대밭이 되게 생기자 다급하게 재회의를 할 수밖에 없었다.

"그런 것 같더군요. 일본에서도 돈을 바리바리 들려서 미국으로 사람을 보낸 걸 보니."

그러나 이미 일본 정부에 들어가 있는 노형진의 사람들은 모든 정보를 노형진에게 넘기고 있는 상황이었다.

"그러면 이제 일본의 오염수 방류를 막을 수 있을까요?"

"글쎄요. 이게 쉽지 않아요. 확률은 50 대 50입니다."

분명 지금 상황이 극렬한 건 사실이지만 동시에 미국이 상대적으로 무식한 나라인 것도 맞다.

아마 지금 극렬 투쟁을 외치는 미국인의 절반은 아이러니하게도 일본이 어디에 있는지조차 모를 가능성이 크다.

"아마 그들은 일본이 쿠바 옆 어딘가에 있다고 생각할 가능성이 크죠."

나중에 가서야 일본이 지구 정반대에 붙어 있다시피 하다는 걸 알게 되면 아마도 '이렇게 먼데 별일 있겠어?'라고 생각할 가능성이 높다.

"그러면?"

"지금이야 국민들의 눈치를 봐서 반대할지 모르지만 몇 년만 지나면 일본에 오염수 방류에 대한 태도를 찬성으로 바꿀

지도 모릅니다."

노형진의 말에 이사벨 로자니가 헛웃음을 지었다.

"설마요."

"설마가 아닙니다. 당장이야 미국이 오염수 방류에 반대하지만 불과 2년 전을 생각해 보세요. 뭐라 했던가요?"

"후우, 그러네요."

일본에서 오염수를 방류하겠다는 이야기는 1~2년 사이에 나온 말이 아니다. 정확하게는 후쿠시마 사태가 벌어진 이듬해부터 계속 오염수를 방류하고 싶다고 외쳐 댔다.

그리고 분명 2년 전까지만 해도 미국은 오염수 방류에 절대 반대 입장이었다.

"2년 사이에 미국의 입장이 왜 바뀌었겠습니까?"

대통령이 바뀌어서?

아니다. 뇌물을 먹은 놈이 많아졌기 때문이다.

"그런 만큼 지금 막았다고 해서 모든 것이 해결된 게 아닙니다."

분명 일본은 계속 뇌물을 줄 테니 3년만 지나면 미국은 오염수 방류에 대해 또다시 찬성할 것이다.

노형진의 설명을 들은 이사벨 로자니의 얼굴이 걱정으로 물들었다.

"그러면 어쩌죠?"

"마지막으로 쐐기를 박기 위해서는 세 가지 방향으로 가야 합니다."

"뭔데요?"

"기록을 남길 것."

"기록?"

"네, 저들이 과거에는 일본의 오염수 방류에 대해 반대했
는데도 이제 와서 태도를 바꿔 찬성할 수 있는 건 자신들이
반대했다는 명확한 증거가 없기 때문입니다."

정치인들은 자신의 발언에 대해 신경을 쓸 수밖에 없다.
한국 정치인들이야 자신들의 말에 대해선 신경도 쓰지 않지
만 최소한 언론이 중립성을 유지하는 나라에서는 불가피한
문제다.

"그러니 그들에게 묻는 거죠. 오염수 방류에 대해 찬성하
느냐, 하지 않느냐."

"그게 무슨 의미가 있죠?"

"우리만 알고 있다면 의미가 없죠. 그러니 질문지를 주요
언론사에 보낼 겁니다."

미국 언론의 특성을 생각하면 분명 그걸 기사화해서 올릴
거다. 그렇잖아도 오염수 방류, 아니 오염수 공격에 한창 예
민한 시점이니까.

"그런데 몇 년 후에 갑자기 입장을 바꿔서 찬성한다면 무
슨 의미가 있겠습니까?"

"확실히 그러네요."

과학적인 결실이 나온 것도 아니니 뇌물 말고는 답이 없다는 뜻이다.

"스스로 몸가짐을 조심하게끔 하는 거죠."

"찬성한다고 하면요?"

"그럼 뭐, 몸가짐이고 나발이고 다음 선거에서 버틸 수 있기나 하겠습니까?"

자국민에 대한 방사능 공격을 용인한다는데 미국 국민들이 바보도 아니고 가만두겠는가?

"정식으로 우리가 질문지를 보내면 됩니다. 만일 답변을 거부한다면 찬성한 것으로 표시된다고 고지하고요."

"하긴."

이제 방사능방어회의는 전 세계적인 조직으로 취급받고 있다. 일이 커지면서 가입도 늘었고 산하 조직이나 제휴 조직도 늘었기 때문이다.

그곳에서 복잡한 질문도 아니고 그저 찬성과 반대 두 가지 중 하나만 고르라고 한다면 국회의원들이 선택할 수 있는 선택지는 거의 없다.

"거의 모든 나라에 써먹을 수 있겠네요."

"최소한 민주주의가 들어간 나라에는 다 써먹을 수 있을 겁니다."

그리고 그런 나라에서 찬성이 나올 가능성은 거의 없다.

'원래 역사에서도 일본의 방사능오염수 방류는 찬성보다

는 일종의 방치의 산물이니까.'

실제로 전 세계는 소극적으로 성명만 발표할 뿐 아무런 대응도 하지 않았고, 결국 일본이 방류하는 것을 막지 못했다.

이게 다 일본에서 뿌린 천문학적인 뇌물의 힘이었다.

"두 번째는 바로 중국을 이용하는 겁니다."

"중국이요?"

"네, 중국은 일본의 오염수 방류로 인해 천문학적인 피해를 보게 될 나라죠. 그걸 막기 위해서라면 뭐든 할 겁니다."

"하지만 중국은……."

중국은 서방이라면 눈이 돌아가는 나라다. 당연하게도 그들이 서방을 위해 나서서 싸워 줄 리가 없다.

"알고 있습니다. 그렇기 때문에 세 번째와 연결되죠."

"세 번째?"

"일본을, 아니 산토전력을 테러 단체로 지정하는 거죠."

"네? 그게 무슨 말이죠?"

"간단한 거죠. 일본에서 전기는 공공재가 아닙니다."

노형진의 말에 이사벨 로자니는 이해하기 어렵다는 표정을 지었다.

하기야, 그녀는 유럽인이니 이해를 못 할 거다. 유럽에서 전기는 공공재니까.

하지만 미국이나 일본 등 여러 나라는 공공재가 아니라 민간재, 즉 민간 기업이 운영한다.

그리고 그런 상황이기에 도리어 이 문제를 해결하지 못한다.

"일본은 일곱 개의 전기회사가 꽉 잡고 있습니다. 심지어 그들 간의 알력으로 전력의 통일조차도 되지 않고 있죠."

"그게 무슨 말이죠?"

"말 그대로입니다. 일본은 지역별로 주파수가 다릅니다."

일본의 전압은 110볼트다. 그러나 전기를 사용하려면 전압뿐만 아니라 주파수[Hz]도 통일되어야 하는데, 일본은 동부는 50헤르츠, 서부는 60헤르츠다.

그 사실은 이미 알고 있었기에 이사벨 로자니가 고개를 끄덕이며 대답했다.

"뭐, 그런 식으로 굴러가죠?"

"그게 웃긴 거죠."

일본 전기의 이러한 차이는 동부와 서부가 각각 다른 나라를 통해 기술 지원을 받은 데서 비롯된 것이다.

하지만 그 후에 통일시킬 기회가 수차례 있었음에도 불구하고 전기회사들의 로비로 인해 통일되지 않은 거다.

개보수에 드는 시간이나 비용 등의 문제도 있지만 통일시키기 위해서는 한쪽은 막대한 돈이 들어가 전기료를 올릴 수밖에 없는 반면 다른 한쪽은 손해가 없으니까.

"그러면 후쿠시마는요?"

"후쿠시마. 네, 그게 중요하죠. 후쿠시마 원자력발전소는 산토전력이라는 회사 소속입니다."

"그런데…… 잠깐. 그러면 뭔가 이상하지 않아요?"

그간 노형진의 계획은 일본이라는 나라에 대한 공격이었다. 그런데 거기에 왜 기업이 끼어든단 말인가?

'그래, 유럽인이나 미국인 입장에서 이건 절대로 이해하지 못하는 영역이겠지.'

미국이나 유럽에서는 기업이 사고 치면 그곳이 망하든 말든 일단 그쪽에서 수습하고, 그 기업이 망한 후에도 그 피해가 남아 있으면 국가에서 나서서 해결하는 게 정상이다.

그런데 노형진의 말대로라면 일본은 개인 기업을 위해 국가가 모든 걸 희생하는 것 아닌가?

"설마 이 방사능오염수의 방류 과정이 산토전력을 위한 것이라는 건가요?"

"네."

"아니, 왜요?"

"산토전력은 일본 최대의 전기회사거든요."

"네? 그게 무슨 관계가 있는 거죠?"

노형진은 그 말에 어깨를 으쓱했다.

"산토전력이 정부에 주는 뇌물이 엄청나게 많다는 뜻이죠."

그 말에 이사벨 로자니의 얼굴이 어이없다는 듯 찡그러졌다.

"그러니까, 산토전력이 일본 정부에 뇌물을 주고 이 모든 사태의 책임을 떠넘기고 있다는 건가요?"

"맞습니다."

미국이나 유럽의 문제라면 당연히 산토전력이 무슨 짓을 해서라도 이 사태에 대한 책임을 져야 한다.

　하지만 일본의 산토전력은 아무것도 안 한다.

　정확하게는 멀쩡하게 운영하면서 어느 정도의 복구비를 내고는 있지만 복구 비용의 대부분은 산토전력이 아닌 일본 정부가 내고 있다.

　"참고로 산토전력은 멀쩡하게 영업하고 있습니다. 아, 물론 국유화하기는 했지만요."

　"미친! 말도 안 돼요!"

　애초에 국유화했다고 해서 산토전력의 분위기나 영업 구역이 바뀌진 않는다. 말이 국유화지, 돈은 회사가 벌고 책임은 일본 정부가 지는 방식에 가깝다.

　"물론 어느 정도 이해는 갑니다만."

　돈을 벌지 못하면 재건 사업에 투입할 돈이 나오지 않을 테니까 어느 정도는 불가피한 선택이었을 것이다.

　하지만 그와 별개로 산토전력이라는 이름을 그대로 쓰면서 영업 중인데 제대로 된 처벌을 받지 않은 것도 사실이다.

　"그러니까 우리는 산토전력를 테러 단체로 지정해 달라고 요구해야 합니다."

　"산토전력을요? 하지만 국유화했다면 기업이……."

　"국유화했다고 해서 기업이 아니게 되는 건 아니죠. 그리고 산토전력은 분명 전 세계에 대한 방사능 테러 공격을 준비하고 있습니다."

사실 이 정도만 해도 방사능 테러라고 봐도 무방하다. 그
저 일본이라는 나라에 속해 있기 때문에 비호받을 뿐이다.

"하지만 이건 애매하죠."

"그러네요. 소속이 일본 정부니까."

현재 이 방사능오염수 방류에 관련된 모든 공식적인 계획
은 산토전력 산하에서 이루어지고 있다. 비록 일본 정부가
그 자금을 지원하고 있긴 하지만 주체자는 산토전력이다.

"그런데 산토전력이 오염수 방류를 시작하면 어떻게 되겠
습니까?"

"……그러네요."

산토전력이 방사능 공격을 하는 셈이고 그걸 지원한 일본
은 테러 지원국이 되는 셈이다.

"그리고 산토전력은 죽을 맛이 되겠죠."

"어째서요?"

"테러 단체로 지정되면 국제적인 모든 거래가 차단되니까요."

산토전력이 운영하는 일본의 발전소는 무려 수십 군데에
달한다. 사건이 일어난 후쿠시마 원자력발전소는 그중에서
일부에 지나지 않는다.

"하지만 테러 단체로 지정되면 모든 발전소가 멈추게 됩니다."

절대다수가 화력발전소인 산토전력이 멈추게 된다면 그로
인한 전기 문제는 복잡하기 그지없어질 거다.

그러나 지금까지의 행보를 돌이켜보면 일본이 그 상황을 어떻게 타개할지 불 보듯 뻔했다. 그리고 그 사실을, 이사벨 로자니 또한 잘 알고 있었다.

"하지만 일본에서 뇌물을 주면서 어떻게든 막으려고 할 거예요."

"그게 핵심이죠."

"네?"

"방어의 우선순위가 과연 오염수의 방류일까요? 아니면 산토전력의 테러 단체 지정의 차단일까요?"

당연히 전자보다는 후자가 될 수밖에 없다. 당장은 방류가 시작되지 않았으니까.

"일본은 막대한 뇌물을 뿌리고 있죠."

하지만 그렇다고 해서 그 돈이 영원한 것은 아니다. 그리고 돈이 새어 나가는 상황에서 추가로 방류를 요구하려면 돈은 더 많이 들 테니 추적에 걸릴 수밖에 없다.

"적의 군자금을 소진하는 것도 하나의 전략입니다, 후후후."

노형진은 자신 있게 말했다.

그 모습을 본 이사벨 로자니는 한결 안심했으나 우려가 완전히 가시지는 않은 얼굴로 입을 열었다.

"그러면 그건 저희가 최선을 다해서 이야기해 보죠. 하지만 중국은 어떻게 방법이 없는데요?"

"걱정하지 마세요. 그건 저희가 알아서 할 테니까요."

노형진은 자신 있게 말했다.

⚖️

얼마 뒤 노형진은 한국으로 돌아왔다.

집에 도착해 뉴스를 확인하니 예정대로 방사능방어회의가
공격을 시작한 후였다.

국회의원들 절대다수가 방사능오염수 반대 의사 표명. 하지만 역
시나 묵묵부답인 미 정부. 역시 미 정부는 일본의 지배를 받고 있나?
미 상원 의원 중 일부, 정부에 대한 저항권 선포를 해야 할지도
모른다고 우려를 밝혀

"일이 이렇게 되나?"

서세영은 신문의 국제면을 보면서 혀를 내둘렀다. 표를 위
해서라면 뭐든 하는 국회의원들이 태반이니 방사능오염수와
관련해서는 앞으로 혼란만이 가득할 터였다.

"그런데 미국과 유럽 국가 정부들은 어쩔 줄 몰라 하네?"

"당연한 거 아니야? 혼동을 주고 있지만 말이지, 엄밀하게
말하면 정부와 국회의원은 아예 다른 집단이야."

노형진은 느긋하게 의자에 앉아 싱글벙글 웃으며 말했다.

"역시 집이 제일 좋다."

"여기에 있든 해외에 있든 일이나 하면서 무슨."

"그래도 편한 게 다르지."

"그런데 오빠, 방금 그게 무슨 말이야? 다르다니?"

"민주주의국가에서 정부는 행정부란 말이야. 그런데 국회의원은 입법부잖아. 그 차이는 엄청나."

정부에서는 국제적인 관계나 행정 업무를 맡지만 국회의원들은 그게 아니라 법을 만든다.

"사실 각 나라의 정부들이 일본의 방사능 방류에 대해 입 닥치고 있는 이유 중에는 일본이 준 뇌물도 있지만 일본과의 외교적 관계도 무시 못 하거든."

그렇기에 국민들이 뭐라고 하든 대놓고 말하지 못하는 부분도 있다. 때때로 정부는 국민들이 반대해도 해야만 하는 일이 있으니까.

"그런데 국회의원은 뭐가 달라?"

"다르지. 예를 들면 말이지, 이대로라면 상황이 어떻게 흘러가겠어?"

노형진은 핸드폰을 툭툭 치며 말했다.

그러자 세서영은 고개를 갸웃했다.

"어…… 글쎄?"

"당연히 국민들 사이에서 방사능 공격을 막을 수 있는 법을 만들어 달라는 이야기가 나오겠지."

"아, 그렇겠네."

그리고 그 법에 대한 권력을 가지고 있는 것은 정부가 아닌 의회다. 그런데 그 의회에 속한 국회의원들은 대놓고 방류에 반대한 상황이다.

"기본적으로 법을 만들 때는 기명투표를 하지."

무기명투표는 민주주의의 핵심이지만 국회는 다르다.

무기명투표를 한다면 누구도 책임지지 않으려고 할 테니 당연히 기명투표가 기본.

한국 국회에서도 투표할 때는 전광판에 아주 대문짝만 하게 투표자의 이름을 표시한다.

"그런데 이미 반대 의사를 드러냈으니."

방사능 공격을 막는 법안을 막는 데에 반대하기는 어려울 거다. 그러니 법이 만들어지면 정부는 그 법의 시행을 막기 위해 거부권을 행사하든가 해야 한다.

"문제는 거부권을 행사하는 순간 일본에 지배당한다고 오해를 받는다는 거구나."

"맞아. 설사 그게 아니더라도 민주주의국가에서 그건 심각한 정권 교체 사유야."

방사능 공격에 전 국민을 방치했다고 반대 정당이 다음 선거에서 물고 늘어지면 정부는 곤혹스러울 수밖에 없다.

"정부와 정당이 또 별개는 아니거든."

선거에서 이겨서 다수당이 된 이들이 정치를 이끌어 가는 게 민주주의니까.

당연하게도 그런 공격을 피하기 위해서라도 어떻게든 반대 의사를 드러내야 한다.

　"물론 대놓고 일본에 선전포고하지는 않겠지만."

　최소한 항의한다거나 경제적 보복을 할 방법은 많다. 그런 걸 모른 척한다면 당연히 문제가 될 수밖에 없다.

　"무슨 소리인지 알겠어. 하긴, 유럽이나 미국은 그런 게 엄청 빡빡하기는 하지."

　"그래서 내가 이사벨 로자니에게 따로 말하지 않은 거야."

　이사벨 로자니와 그린어스는 무슨 수를 써서라도 법제화하려고 할 테니까.

　"이제 남은 건 중국을 이용하는 거지."

　"그런데 오빠, 나 이건 진짜로 몰라서 묻는 건데."

　"응? 뭐가?"

　"방류하기 전에 알프스인지 뭔지를 통해 방사능 물질을 거르잖아."

　"그렇지?"

　서세영의 질문을 들은 노형진은 몸을 돌려 그녀를 바라보면서 자세를 바로 했다. 서세영의 목소리에서 꽤 진지한 질문이라고 느껴졌던 것이다.

　"그게 효과가 없다는 걸 우리가 가서 확인해야 하는 거 아니야? 아니, 이건 내가 방류를 찬성한다는 뜻이 아니야. 하지만 상식적으로 우리가 우선해야 하는 건 확인이 아닌가 싶어서 말이지."

쉽게 말해서 성능에 문제가 있는지에 대해 확인해 보고 그에 문제가 없다면 방류하는 걸 놔두는 게 맞지 않느냐는 말이었다.

"뭐, 과학적으로는 틀린 말은 아니지."

노형진은 그 말에 쓰게 웃었다. 실제로 그러한 의견이 없는 건 아니니까.

'하지만 회귀 전에는 효과가 별로 없었단 말이지.'

아무리 일부 역사가 바뀌었다고 해도 기술이 바뀐 게 아니니 그게 효과가 있을 리가 없다.

'가장 큰 문제는 일본 정부에서 거짓말하고 있다는 것일 테고.'

일본은 은밀하게 서류를 조작해서 IAEA나 다른 나라에 제공했다. 당연히 그게 제대로 된 검사 결과라고 볼 수도 없다.

전 세계 어떤 나라도 현지 조사를 하지 못하게 하는 시점에 이미 수작을 부리고 있다는 의미가 된다.

"일단 효과가 없다고 봐야지. 설사 있다고 해도 아주 미미할 테고."

"어째서?"

"일본에서 발표하는 것처럼 오염수가 방사능 농도가 낮지 않거든."

"뭐? 그게 무슨 말이야? 냉각수라면서? 그러면 방사능 없어야 정상 아니야? 내가 아는 거라면 그런데?"

그 말에 서세영은 깜짝 놀랐다. 그 반응에 노형진은 그녀 역시 일본과 한국 친일파에게 속고 있다고 생각하며 쓰게 웃었다.

"어떻게 설명해야 하나, 음……."

노형진은 그 말에 잠깐 고민했다.

물론 회귀 이전에 주워 들은 이야기는 많다. 하지만 그 어떤 것도 아직은 이루어지지 않은 거고, 조사하고자 한들 그럴 권한을 일본이 줄 리가 없다.

'하지만 때때로는 질문이 답이 되기도 하지.'

그리고 노형진은 그 적당한 질문을 알고 있었다.

"너 말이야, 이 오염수의 용도가 뭔지 알고 있어?"

"설마 내가 그걸 모를까? 냉각수라고 아까 말했잖아."

그 말에 노형진은 고개를 흔들었다.

"아니, 냉각수가 아니야."

"냉각수가 아니라고?"

"그래. 냉각수는 애초에 말이지, 재활용 대상이야."

"응? 어째서?"

"생각해 봐. 냉각할 때 필요한 게 뭐겠어?"

"그거야…… 낮은 온도겠지?"

"그래. 그런데 그걸 물을 넣었다가 빼낸 다음 새 물을 넣을 이유가 있어?"

"그러네?"

당연하게도 그럴 필요가 없다. 그냥 나온 물을 식혀서 재활용하면 된다. 실제로 전 세계의 모든 원자력발전소 시스템이 그런 구조로 되어 있다.

"그러면 냉각수라는 건?"

"잘못 알려진 거지."

"그러면 그건 뭐야?"

"말 그대로 오염수야, 냉각수가 아니라."

원래 발전소는 완전 폐쇄된 상태에서 냉각수가 순환해야 한다.

하지만 후쿠시마 발전소는 이미 구멍이 났고 그 결과 자연스럽게 냉각수가 새어 나가면서 주변을 오염한다.

"그 주변에는 지하수도 흐르고 있지."

"아."

지하수를 그냥 두면 아마도 전 일본 국토를 돌아다니면 오염시킬 거다. 그러니까 그걸 빼내야 한다.

"새어 나가는 냉각수와 그 과정에서 오염된 지하수 같은 거. 그게 일본 오염수의 정체야."

노형진의 말에 서세영은 눈을 찡그렸다.

"그래?"

"그래."

"그러면 더 공업용으로 쓸 수 있는 거 아닌가, 직접 노출

되는 것도 아니라면?"

"그게 문제지. 그러지 못한다는 것 자체가 말이야, 알프스의 성능이 제대로 나오지 않는다는 거지."

상식적으로 이 기계를 제대로 믿고 있다면 일본은 그걸 공개할 거다. 그런데 주변 국가들뿐만 아니라 IAEA의 전문가조차도 동석하는 것을 거부하고 있으며 방류 후에 보고서만 올리겠다고 주장하고 있다.

당장 농도 측정만 해도 냉각수를 바로 채취해서 측정하는 게 아니라 바닷물을 왕창 섞은 것을 측정하고는 '봐라, 이렇게 농도가 낮다.'라고 이야기하고 있는 상황.

애초에 우유 1리터에 수돗물 100리터를 타는데 농도가 높을 리가 없지 않겠는가? 하지만 지금 일본은 그런 눈 가리고 아웅, 아니 뻔하게 보이는 속임수를 쓰고 있었다.

더 웃긴 건 IAEA가 그걸 받아 줬다는 거다.

'당연한 거지.'

IAEA는 방사능오염을 통제하는 기구가 아니라 핵무기와 핵 발전을 통제하는 기구다. 당연히 그들로서는 자신들의 권력인 핵 관련 영역이 넓어지는 걸 바라지, 역으로 줄어드는 걸 바라지는 않는다.

당장 여성부만 해도 가족여성부라는 이름으로 바꾸고 나서 닥치는 대로 흡수하면서 덩치를 키우지 않았던가?

그런 조직이 '핵 발전이 위험합니다.'라는 이미지가 생길 수 있는 후쿠시마 원전 사건이 커지는 걸 원하지는 않을 거다.

"그러면 장기적으로 보면 방사능방어회의가 그 역할을 대신하겠네?"

"그렇게 해야지. 국제적으로 그 영향을 받는 것과는 별개로 말이지."

제대로 된 방사능 통제가 어려운 현실. 그걸 막기 위해서는 방사능방어회의가 힘이 커져야 한다.

"그건 알겠어. 그런데 중국은 어쩔 거야? 오빠가 말한 대로 준비는 다 해 놨거든."

"그래? 중국 내부의 반응은 어때?"

"뒤집어졌지, 뭐."

처음에는 한국을 방패 삼아 싸우려고 했던 중국이다. 하지만 노형진의 함정에 결국 놀아나서 싸움의 전면에 나선 상황.

"지금쯤 중국도 다른 대안을 찾고 있겠지. 중국은 순망치한을 너무 좋아하거든."

입술이 없으면 잇몸이 시리다.

즉, 방패가 될 누군가를 앞으로 내세우고 뒤에서 조종하는 게 바로 중국의 기본 전략이다.

러시아가 끝없는 확장 전략을 통해 자기네 세력을 늘리고 일종의 방어 지역을 늘리는 것과 다르게 중국은 몸빵이 될 만한 놈들을 계속 만들어 내려고 한다.

"그러니까 그 순망치한 조직을 새롭게 한번 만들어 봐야 지."

노형진은 싱글벙글 웃었다.

"아마 미국이랑 유럽은 엿 같을걸. 후후후."

'일본의 오염수 방류 행위는 전쟁이다. 사실상의 방사능 공격이다.'라는 주장이 언론을 통해 전 세계로 퍼진 뒤.

상당수가 거기에 동조하면서 갖은 문제가 생겼으며 새로운 단체도 나타났다.

정확하게는 그린어스와는 다른, 그리고 방사능방어회의와도 다른 노형진이 은밀하게 만든 조직이었다.

존재하지만 존재하지 않는 조직.

그리고 존재하지 않지만 심각하게 위험한 조직.

"대일본투쟁전선?"

FBI 국장이 다시 확인하듯 물었다.

"뭐 하는 놈들이야? 새로운 자경단이야?"

"새로운 자경단 수준이 아닙니다."

"그러면?"

"반군 수준이라고 봐야 할 겁니다. 온라인과 오프라인을 통해 조직원을 모집하고 있습니다."

"조직원이라고?"

"네."

"그러면 자경단이잖아?"

"보통 자경단은 지역을 기반으로 움직이지 않습니까?"

"그렇지."

"하지만 이 대일본투쟁전선은 그게 아니라 전 세계를 대상으로 활동 중입니다. 이 정도면…… 사실상 의용군이라고 봐야 합니다."

그 말에 FBI 국장은 등골이 서늘해졌다.

말이 의용군이지 사실상 전쟁을 준비하는 조직이 아니던가?

"무슨 말이야, 그게? 자세하게 말해 봐."

"간단합니다. 일본이 전 세계를 대상으로 방사능 공격을 시작했는데 각 정부가 일본의 지배를 받아 그 방사능 공격으로부터 국민의 보호를 포기하는 경우, 의용군이 일본을 전복하고 방사능오염수를 보관한 곳을 파괴하는 게 목적이랍니다."

"미친? 그게 뭔 말도 안 되는 소리야? 그러니까 일본을 대상으로 전쟁하겠다는 거잖아?"

"네, 맞습니다."

"그걸 우리가 그저 보고만 있을 거라고 생각하는 거야?"

"그게…… 쉽지 않습니다."

"쉽지 않다니?"

"요즘 분위기 아시잖습니까?"

"끄응, 염병할."

'미국이 일본의 지배를 받고 있다.'

황당한 말이지만 아직도 그 말을 믿는 사람들이 존재한다.

실제로 미 정부는 아직도 방사능오염수 방류에 대한 발언을 하지 않았기 때문이다.

물론 의원들은 표 때문에라도 반대를 표명했고, 실제로 그들이 하나둘 모여서 실제 관련법을 만들자는 이야기를 하고 있다지만 그렇다고 해서 미 정부가 동맹인 일본에 공격하라고 할 수는 없으니까.

"그래서 자경단을 만들어서 스스로 지켜야 한다고 생각하는 사람들이 모여들고 있습니다."

"규모가 어느 정도인데?"

"지금 미국에서만 대략 10만 명 이상인 것으로 보입니다."

"미친? 그게 사실이야?"

"네, 특히 주요 위험 자경단들은 자발적으로 들어가고 있습니다."

"돌겠네."

FBI에서 적대적 조직이라고 의심하는 자경단이 한둘이 아니다. 그들은 이미 미국이 통제력을 잃어서 자국민 보호 능력이 상실되었다고 믿고 있었고, 스스로를 보호하기 위해 무기를 들자고 주장하고 있었다.

그런데 그런 그들에게 그 원인인 일본을 공격하자는 주장은 아주 군침이 도는 발언일 수밖에 없었다.

"그러면 지금이라도 제압을……."

"그게 문제입니다. 우리가 제압할 만한 이유가 없습니다."

"어째서?"

"그들이 아직 아무런 행동도 하지 않았으니까요."

온라인으로 멤버들을 모으고 대놓고 일본에 적대적으로
이빨을 드러내고 있지만 정작 아무것도 하지 않고 있었다.

당연하다. 그들은 한 가지 전제 조건을 가지고 움직이고
있으니까.

"하지만 일본의 방류, 아니 방사능 공격이 시작된다면……."

"끄응."

바로 그때 그들이 일본을 공격한다면 제압할 수 있을 거다.

하지만 지금은 아니다. 아무것도 저지르지 않은 단체를 미
국 정부에서 먼저 공격할 수는 없다.

"설마 이거, 다른 나라에도 생긴 건 아니지?"

"그게…… 유럽이나 동남아, 아프리카 등등 전 세계적으
로 사이트가 만들어졌습니다."

"뭐? 잠깐, 그러면 그 숫자가?"

"미국만 10만 명이지, 전 세계적으로 보면 100만 명이 넘
을지도 모릅니다."

그 말에 FBI 국장의 얼굴이 노래졌다.

그림 가운데 상단에 저울 아이콘이 있다.

당연하게도 대일본투쟁전선이라는 곳 자체가 노형진이 만든 곳이었다.

홈페이지 개설 비용 같은 건 얼마 되지 않으니까.

"그리고 애초에 존재도 불분명하고요. 존재는 하지만 어디가 본사인지, 어떻게 움직일지조차도 모르죠."

노형진의 말에 김성식은 고개를 갸웃했다.

"그런데 미국은 이걸 위협으로 받아들인다고?"

"네, 미국은 정부에 대한 저항권이 보장되는 나라입니다. 한국과는 다르죠."

한국은 그런 게 보장되지도 않기에 개개인이 이런 집단을 만드는 것 자체가 불법이다.

"하지만 미국은 아닙니다. 버젓이 군사용 무기로 무장한 지역 자경단이 있어도 그들이 진짜 범죄를 일으키기 전에는 감시 말고는 할 수 있는 게 없습니다."

물론 미국도 전쟁에 대한 처벌이나 반역죄가 없는 것은 아니다. 하지만 일단 공격 대상이 일본인 이상 반역으로 보기 어렵다.

그렇다고 해서 일본에 대한 전쟁 행위라고 보기도 애매한 게, 지금 그들은 일본의 방사능 방류를 공격으로 인지하고 있으니 정당하게 반격하는 거고 주장할 수 있기 때문이다.

"실제로 그게 법원에서 싸우게 될 경우 주요 핵심이 될 테고요."

"흠……."

그 말에도 불구하고 김성식은 여전히 이해가 되지 않는다는 얼굴이었다.

"그건 그렇다고 쳐. 그런데 이 존재하지 않는 집단이 무슨 영향이 있다는 건가?"

"간단하게 말해서 자국민들이 가입해서 진짜로 전쟁 행위를, 그것도 동맹에 대한 전쟁 행위를 하는 것이라는 거죠."

"이해하기가 어려운데요? 그러면 그들에 대한 처벌은 그 나라에서 판단해야 하는 문제잖아요?"

노형진의 말에 고연미가 고개를 갸웃했다.

그러나 군대를 다녀온 무태식은 쉽게 이해한 모양이었다.

"고 변호사님, 그게 그렇게 쉬운 문제가 아닙니다."

"네? 어째서요?"

"일단 지금 이들은 의용군을 주장하고 있으니까요."

"그렇죠?"

"그런데 말입니다, 의용군을 지금 쓰는 나라가 있거든요."

"어딘데요?"

"우크라이나요."

"우크라이나? 아하!"

"네, 이제 뭐가 문제인지 아시겠죠?"

"네, 그러네요."

의용군을 처벌하게 된다면 우크라이나에 간 의용군도 처벌해야 한다.

사람들에게 잘 알려지지 않았을 뿐이지, 우크라이나에는 한국을 비롯해 적지 않은 의용군이 가 있는 상황이다.

그리고 그렇게 다녀온 의용군을, 한국 정부는 타국에 대한 전쟁 행위로 처벌하기도 했다.

"그런데 해외에서는 그게 애매합니다. 미국이나 유럽 등지는 의용군에 대한 처벌 규정 자체가 미묘하죠."

서방 국가들은 개인의 선택이라는 느낌이 강하기에 그들을 따로 처벌하는 규정이 없다.

"실제로 전쟁 와중에 서방 국가들이 의용군을 많이 이용했거든요."

예를 들어 공식적으로 전쟁터에 자국 군대를 투입하지 못할 때 자국군을 의용군으로 투입한 건 딱히 비밀도 아니다.

2차대전 당시 미국이 본격 개입하기 전 미 공군이 의용군이라는 이름으로 유럽 전선에 투입된 적이 있을 만큼 유서가 깊다.

물론 그건 그저 눈 가리고 아웅이었다.

애초에 미 공군에서 갑자기 그렇게 수많은 사람이 예편해서 전쟁터로 갈 리가 없지 않은가? 미 정부에서 제대 허가도 내주지 않을 거다.

하지만 그럼에도 불구하고 엄청난 숫자가 의용군으로 갔다. 그리고 그 당시에 미 정부는 독일에 대고 '개인의 선택이라 우리가 뭐라고 할 수가 없다.'라고 대꾸했다.

"개인의 선택이라……."

서세영은 여전히 이해가 안 간다는 듯 눈을 찡그렸다.

"한국과 같은 동양권에서는 이해하기 어려운 영역이지. 동양권에서 무력은 조직에 속하는 게 당연하다고 생각하거든."

"그 차이가 그렇게 커?"

"크지. 당장 한국만 봐도 그래. 한국에서 군대는 당연히 국경 근처에 배치하는 거잖아?"

"당연한 거 아냐?"

"아니, 하나도 당연하지 않은 거야. 한국이야 북한과 싸운다고 생각해서 국경에 배치하는 거지, 다른 나라에서는 군대를 국경에 배치하는 게 상대국에 선전포고하는 것이나 다름없다고."

"헐."

그만큼 군대에서의 대응이나 선택도 복잡하고 다양하다.

"어찌 되었건 의용군이라는 건 말이야, 미국이나 유럽에서는 개인의 선택이란 말이지."

그런데 그들이 의용군으로서 일본과 전쟁하는 행위는 대응하기가 애매하다. 진짜 공격하는 것으로 본다면 전쟁의 원인을 제공한 일본에 항의하든가 자국민을 테러로 처벌해야 한다.

"무슨 소리인지 알겠군. 테러로 처벌하면 자국민을 일본을 위해 처벌하는 셈이 되니까."

"맞습니다."

분명 그런 의용군의 참가자나 상당수 국민들은 일본의 방사능오염수 방류를 일본의 방사능 공격이라고 생각하는 분위기다.

그러니 그러한 공격을 막기 위한 행동을 테러 혐의로 처벌하면 자국민을 타국을 위해 처벌하는 꼴이 되는 거다.

"미국이나 유럽에서 많이 주장하는 자위의 개념이 박살 나는 거군요."

고연미는 그제야 이해가 되는지 고개를 끄덕거렸다. 확실히 그런 방식이라면 그 나라들은 머리가 아플 거다.

"네, 그리고 그와 관련해서 애매한 게 하나 더 있죠."

"더 있다니요?"

"의용군이 일본을 공격했을 때 그 자금을 지원한 사람은 어찌할 것인가."

"아! 법의 형평성 문제군요!"

"맞습니다."

실제로 지금 대일본투쟁전선이라는 곳은 온라인상으로만 남아 있고 이미 가입한 사람들도 온라인으로 가입한 이들이다.

이들은 가입비로 대략 10달러, 그러니까 1만 2천 원 정도를 내고 있는데, 이 돈은 비상시 전선에서 싸울 의용군을 위한 군자금으로 사용된다고 되어 있다.

"만일 그 공격을 테러로 인정한다면 그 순간부터 테러 지원으로 처벌해야 하는데."

문제는 그랬다가는 자국민을 테러범으로 처벌해야 한다는 거다.

일본을 직접 공격한 극소수의 사람들뿐만 아니라 회비를 내고 가입한 절대다수를 테러 지원범으로 처벌하는 것은 타국인 일본을 보호하겠다고 자국민을 대상으로 선전포고하는 꼴밖에 되지 않는다.

상황을 이해한 서세영의 얼굴이 어두워졌다.

"결국 다른 나라 정부에서 할 말은……."

"그래, 똑같은 거지."

"개인의 선택이므로 자신들은 아무런 책임이 없다."

그게 그들의 선택일 거다.

"문제는 이제 시대가 바뀌었다는 거지."

과거에는 의용군 하면 자신의 손에 무기를 들고 전선으로 내달리는 것이었으나, 이제는 아니다.

"애초에 대일본투쟁전선의 목적은 방사능 공격 시설의 파괴니까."

아예 대놓고 홈페이지에 그렇게 써 놨다.

"그런데 거기에 사람을 투입할 이유가 없거든."

아마 일본 정부가 진짜로 빡대가리가 아닌 이상에야 드론 등을 이용해서 공격할 거라고 생각할 거다. 실제로 우크라이나에서 드론으로 신나게 공습 중이니까.

"사람을 죽이는 게 아니라 방사능오염수 저장 탱크나 알프스 시설을 노릴 테니까. 그런데 그걸 어떻게 막겠어?"

"쉽지 않겠네요. 지금 러시아와 우크라이나도 그걸 못 막아서 죽으려고 하는데 말이죠."

"맞습니다."

러시아나 우크라이나나 미사일 대신에 드론이 대세 공격 무기가 된 지 오래다.

그러나 방사능오염수 탱크 같은 게 아파트같이 튼튼한 것도 아닌데 거기에 자폭 드론이 한 대라도 부딪혔다가는 아마 온 사방이 방사능오염수로 오염될 거다.

"그러면 문제가 심각해지는 거죠."

그걸 막는 방법은? 방사능으로 오염된 구역에 스물네 시간 군을 배치하는 거다. 그것도 강력한 대공 방어망을 가진.

문제는 이 강력한 대공 방어망이라는 게 전투기나 미사일 대상으로는 쓸 만할지 몰라도 드론을 대상으로는 아직 한계가 명확하다는 거다.

오죽하면 그 러시아도 못 막는 게 드론 공격이다.

"그리고 일본의 자위대는 공무원이죠. 과거에 일본에서 자위대가 이탈한 사건 기억나십니까?"

"아, 기억나네. 자네가 장난친 거지?"

"맞습니다."

일본에서 땅을 산 뒤 그곳에서 독립을 발표하고 중국에 합병을 요청하는 식으로 중국에 항구를 제공하려는 모습을 보이자 일본이 기겁하면서 그곳에 자위대를 밀어 넣었다.

그러나 그 당시 그 지역은 방사능 제염 작업이 끝난 상태도 아니었고 방사능 보호복이 충분한 상황도 아니었다.

그래서 당시 거기에 발령받은 자위대원들이 너도나도 사표를 던졌다.

"공식적으로 자위대원은 군인이 아닌 공무원이니까요."

그렇기에 한국처럼 그만두기 위해 허가받을 이유가 없다. 사표를 쓰면 그걸로 끝이다.

"순찰도 그 난리였는데 드론을 막는다는 이유로 아예 부대를 방사능오염 지역에 주둔시킨다면 누가 거기에 있고 싶어 하겠습니까?"

아마 너도나도 그만둘 거다.

"더군다나 안 봐도 뻔하지 않습니까, 만일 그런 공격이 터져서 방사능오염수가 새기 시작한다면 일본 정부가 어떤 선택을 할지?"

"하긴, 한국도 마찬가지겠지."

당연하게도 가장 가까이에 있는 군부대를 동원해서 그걸 막으려고 할 거다. 그나마 최소한의 방사능 방어 장비가 있는 게 군대일 테니까.

그런데 그런 방사능오염수 탱크가 한두 개가 아니니 투입된 인원들은 방사능에 오염돼서 아주 높은 확률로 암이나 기타 질병으로 죽을 거다.

"곤란한 상황에 처하겠군."

"네, 곤란한 상황이죠. 그리고 그 외에 다른 방법도 있고요."

"다른 방법?"

"청부라는 거죠. 돈이 있지 않습니까? 전 세계에는 수많은 테러 단체들이 있죠. 그들에게 돈 주면서 드론 좀 날려 달라고 하면 뭐, 안 하겠습니까?"

"하긴."

그리고 그 돈으로 테러 단체들은 신나게 테러할 거다. 아마 그렇게 얻은 드론으로 미국의 주요 거점에 폭탄을 배달할지도 모른다.

"변수가 너무 커지는군요."

"네."

고연미의 말마따나 그런 경우에 미국과 유럽의 국가들이 판단해야 할 변수가 너무 많아진다.

의용군을 테러로 처벌하자니 나라가 뒤집어질 테고, 처벌하지 않자니 그들이 계속 일본에 대한 공격을 실행할 가능성이 크다.

"게다가 누가 했는지조차도 모르죠."

가입한 사람이 한둘도 아니고 그들 중 누가 일본까지 가서 드론을 날렸는지 알 게 뭔가?

"그런데 이해가 안 가는 게 있는데, 오빠."

"뭔데?"

"대체 뭐가 있다고 죄다 이렇게 가입하는 거야? 오빠 말대로 별게 있는 것도 아니잖아?"

"그래서 가입하는 걸걸."

"뭐?"

"이건 핵심 이슈니까. 내가 말했지? 인간은 선한 일을 하고 싶어 한다. 그렇게 함으로써 자신의 자긍심을 채우고 싶어 한다."

"그랬지. 캣맘 같은 게 그래서 생긴다고 했잖아?"

"맞아. 그런데 말이지, 방사능에서 조국을 지킨다. 얼마나 그럴듯해? 가입비도 많이 드는 게 아니야. 고작 10달러라고."

추가 회원비를 내는 것도 아니다. 하지만 가입하고 10달러만 내면 자신은 방사능 공격으로부터 조국과 세상을 지키려고 노력하는 하나의 운동에 참가한 셈이 된다.

"거기다가 약간의 선물도 있고."

그들에게는 공짜로 가입하라는 것도 아니다. 그렇게 가입하면 'NO RADIOACTIVITY'라고 쓰인 배지를 준다.

그 자체로도 방사능에 적극적으로 대응했다는 하나의 증명인 셈.

"지금 전 세계가 그 문제로 인해 엄청 시끄러우니까."

그 자체로도 자신의 자존감을 높이기 위해 쓸 만하다.

"사실상 10달러라는 돈은 그냥 미끼군."

"맞습니다."

세력을 불리고 그걸 이용해서 상대방을 몰아붙이는 그런 미끼 말이다.

문제는 일본 정부 입장에서는 이게 심각하다 못해 황당할 정도로 어이없는 상황이라는 거다.

전 세계가 일본을 적대하는 상황. 그리고 그게 일본에 대한 적대적 감정으로 변하는 상황.

그간 전 세계를 뇌물로 지배해 온 일본 입장에서는 이해가 가지 않을 거다.

"하지만 여기에 중국이 왜 끼어드는지 모르겠는데요?"

고연미는 여전히 그 부분이 이해가 가지 않았다.

중국은 여기에 끼어들 여지가 없다. 의용군이라는 건 미국과 유럽의 문화지, 중국은 전혀 인정하지 않는 문화니까.

"물론 그렇죠."

노형진은 고개를 끄덕거렸다.

"그러니까 중국에 '지원 요청'을 해야지요."

"네? 중국의 지원 요청이요?"

"네, 정확하게는 대일본투쟁전선이 각 나라에 도움을 요청할 겁니다."

"도움 요청? 하지만 그 사람들이 도움을 줄 가능성은 없어 보이는데?"

노형진의 말에 김성식은 고개를 갸웃했다.

"네, 맞습니다. 절대로 도와주지 않을 겁니다."

의용군은 자신의 신념을 이유로 스스로 전쟁터로 향하는 사람들이다. 그들에게 군사적 지원을 하는 건 사실상 전쟁이나 마찬가지이다.

실제로 러시아-우크라이나 전쟁에 미국이 엄청난 양의 무기를 지원하고 있고 적지 않은 미국의 의용군이 참전하고 있지만, 공식적으로 그 의용군에 무기를 지원하지는 않는다. 공식적으로 우크라이나에 지급된 무기를 우크라이나가 의용군에 지급하는 형태로 운영된다.

"눈 가리고 아웅 같지만 말입니다, 이게 또 마냥 그런 건 아니란 말이죠."

정치란 게 그만큼 복잡하니까.

"그러니 다른 나라는 당연히 거절할 겁니다."

"그래, 그렇지. 그런데 중국은 승인하겠나?"

"당연히 거절하겠죠."

"그런데 그게 무슨 의미가 있나?"

"하하하, 정치적 홍보가 목적인 거죠."

"홍보가 목적이라고?"

"사실은 미국에 러시아, 아니 구소련이 지원하려고 한 적이 있었습니다."

"응? 오빠, 그게 무슨 소리야? 지원받는 게 아니고? 애초에 구소련이 존재하던 시절은 냉전 시기잖아? 그런데 뭔 지원을 주고받아?"

"홍보가 문제였던 거거든."

미국과 소련의 극단적 냉전 시기, 미국의 작은 마을이 고립되어 있었다.

다리가 있었지만 너무 오래된 데다 하필 그게 무너지는 바람에 다른 곳으로 가려면 엄청나게 먼 거리를 빙 돌아서 가야 했던 것.

당연히 그 마을은 미 정부에게 도움을 요청하고 다리를 놔달라고 이야기했다.

하지만 선거에서 진짜 영향도 끼치지 못할 정도로 적은 인구수만 유지되던 매우 작은 마을이었기에 그 요청은 미국 정부와 국회의원들에게 깔끔하게 무시당했다.

"확실히 한국에서도 그런 경우가 많기는 하지."

당장 미혼부 문제만 해도 수십 년째 해결되지 않고 있지 않은가?

국회의원이 몰라서? 아니다. 자기 표가 안 되니까 신경도 쓰지 않는 거다.

실제로 방송에 나가서 이슈가 되었을 때 우후죽순 법이 발의되었지만 죄다 기한이 넘어가서 폐기되었고, 그 후로도 바뀌는 건 없었다.

"미국도 그랬던 거죠."

그리고 수년간 부탁해도 소용없자 해당 마을은 아예 생각을 바꿨다. 어차피 아무리 정신 나간 국회의원이라도 나름 수천 단위가 모여 사는 마을을 죄다 빨갱이라고 처형할 수는 없을 테니까 소련에 부탁하자.

미친 짓 같았지만 소련은 그걸 덥석 물었다.

'봐라. 미국 국민이 우리 자랑스러운 소련에 도움을 요청했다. 미국이 잘산다는 건 다 거짓이다. 작은 동네에 다리 하나 놔주지 못하는 찢어지게 가난한 나라가 미국이다.'라고 신나고 홍보하면서 다리의 건설을 적극 지원하겠다고 나선 것.

물론 실제로는 다리를 건설해 주는 게 아니라 돈을 주는 정도겠지만 아무리 상대적으로 가난한 소련이라 해도 그 정도 돈도 없지는 않을 테니까.

"그 당시 미국이 발칵 뒤집어졌죠."

결국 정치인들은 욕이란 욕은 다 먹으며 다급하게 예산을 배정해서 빠르게 다리를 만들어 줬다.

"조국이 안 해 주는 걸 다른 나라가 해 준다는 건 다른 문제거든요."

"하지만 중국이 안 해 줄 겁니다."

노형진의 말에 무태식 변호사는 말도 안 된다는 듯 말했다.

아무리 중국이라고 해도 전쟁 물자를 지원하는 건 또 다른 문제다. 더군다나 말이 의용군이지, 사실상 어떤 면에서는 테러 단체 아닌가? 그런데 그런 그들에게 무기를 공급한다니?

"아, 물론 그렇죠. 그런데 언제나 하는 말이 있죠."

"뭔데요?"

"우리는 모르는 일이다."

노형진은 피식 웃었다.

"물론 그걸 믿는 건 전혀 다른 문제이지만요."

노형진의 예상대로 대일본투쟁전선은 전 세계 정부에 지원을 요청했다.

그리고 예상대로 각 나라들은 모두 거절했다.

바보가 아닌 이상에야 그들이 뭔 짓을 하려는지 아는데 그걸 들어줄 사람들은 없다. 당연히 그중에는 중국도 있었다.

그러나 얼마 후 중국의 샹량핑은 황당한 뉴스를 접할 수밖에 없었다.

"이게 뭔가?"

"그…… 대일본투쟁전선에서 홍보 목적으로 올린 겁니다, 자기들이 일본을 공격할 능력을 확보했다면서."

그리고 그 아래에는 지원해 준 나라에 감사의 인사를 보낸다는 문구가 대문짝만 하게 적혀 있었다.

"아니, 그런데 왜 이게 죄다 중국산이냐고!"

샹량핑이 화가 난 이유는 바로 그것 때문이었다.

분명 그들의 뒤에는 드론, 그것도 폭탄으로 무장한 드론이 한가득 쌓여 있었다.

문제는 그게 죄다 중국산 드론이라는 거다. 대놓고 한자로 적혀 있어서 모델을 확인하기도 어렵지 않았다.

"그게…… 아마도…… 우리 드론을 몰래 산 것 같습니다."

"몰래?"

"우리가 드론을 많이 판매하지 않았습니까?"

실제로 중국산 드론은 전 세계를 대상으로 판매되고 있다. 한국은 중국을 무시할지 모르지만 드론에 있어서 중국을 따라잡을 수 있는 나라는 없다고 할 정도로 중국산 드론이 전 세계 드론 시장을 제패한 상황이었다.

물론 마이스터의 공장에서도 드론을 만들기는 하지만 그건 어디까지나 전쟁터에 우선 공급하는 용이고 그 수량도 중국산에 비교하면 터무니없이 부족한 상황.

"그렇다 보니 아무래도 우리 걸 손에 넣은 것 같습니다."

심지어 무기 암시장에서도 흔하게 구할 수 있는 게 바로 중국산 자폭 드론이다. 당연히 전 세계 어디서 중국산 드론을 손에 넣었는지 알 수가 없었다.

"거기다 우리 드론이 상대적으로 싸니까요."

"내가 그 사실을 몰라서 묻는 게 아니잖아!"

몰라서 묻는 게 아니다. 중국의 드론 산업에 대해서는 샹량핑도 잘 알고 있으니까.

문제는 대놓고 공습이 가능한 드론을 확보했는데 하필이면 그게 중국산이라는 거다.

심지어 그 아래는 '지원에 감사한다.'라고 적혀 있었다.

"이건 누가 봐도 우리가 지원한 꼴이잖아."

"아닙니다. 저희는 절대로 저런 놈들에게 지원하지 않습니다."

"그게 중요한 게 아니잖아."

중요한 건 드론이 그들의 손에 넘어갔으며 그 배후에 자신들이 있다고 의심받는다는 거다.

물론 '지원에 감사한다.'라고 적혀 있지만 어느 나라에서든 중국산 드론을 사서 지원하는 건 어려운 일이 아니니 그게 미국의 지원인지, 아니면 유럽의 지원인지 알 방법은 없다.

그러나 이 사진으로 사실상 중국은 대일본 방사능 전쟁의 전면으로 끌려 나온 셈이다.

"망할."

"어떻게 할까요?"

"알면서 왜 물어? 당연히 부정해야지."

"하지만……."

샹량핑의 말마따나 이 상황에서 우리가 무기를 공급했다고 말할 수는 없다. 그건 일본과 전쟁하자는 소리니까.

"그러면 당장 그렇게 발표하겠습니다. 그리고 대일본투쟁 전선 놈들은 어떻게……."

"지원해 줘."

"네?"

그 말에 부하는 귀를 의심했다.

"지원해 주라고, 은밀하게. 어차피 다른 나라에 산하 조직을 만들어 놨잖아. 그놈들을 통해 돈을 지원해 줘. 드론이나 폭탄은 직접 지원하지 말고 암시장을 통해 살 수 있게 해 주고."

"하지만 그러면……."

"멍청하긴. 우리가 부정한다 한들 일본이나 미국이 그걸 믿을 것 같아?"

"그건…… 그렇습니다."

아마도 미국이나 일본은 그걸 믿지 않을 거다. 하지만 의용군이라는 게 그렇다. 증거가 없으면 물고 늘어지지도 못한다.

"어차피 우리가 지원했다는 증거는 없어. 그러니까 우리가 지원하지 않은 게 공식이지."

"그러면?"

"하지만 일본에서 방사능오염수로 우리를 공격하는 건 절대 반갑지 않은 일이란 말이지."

"무슨 말씀이신지 알겠습니다."

지금 당장은 일본에서 오염수 방류를 하지 않겠지만 언젠가는 할지도 모른다. 그리고 그 순간 대일본투쟁전선은 그들을 공격할 거다.

"어차피 우리가 부정했다면 일본에서 뭐라고 할 수도 없어."

실제로 자신들이 무기를 공급하지 않았음에도 불구하고 암시장을 통해 중국산 자폭 드론을 구입한 대일본투쟁전선 놈들이다.

"그러니까 우리가 은밀하게 지원하면 일본 놈들이 어떻게 하겠어?"

"그렇군요."

무서워서라도 방류를 못 할 거다. 전 세계를 대상으로 선 전포고하는 꼴이니까.

"그러니까 은밀하게 지원해 줘."

"알겠습니다, 주석 동지."

"아깝군. 이번에야말로 한국을 이용해서 어떻게든 쥐고 흔들어 볼까 했는데."

하지만 실패했다.

"언젠가는 기회가 오겠지. 이번에는 일본 놈들이 더 문제 니까."

샹량펑은 아쉽다는 듯 입맛을 다셨다.

⚖

"포기하세요."

"하지만 대통령 각하!"

"포기하세요. 우리 미국은 일본의 오염수 방류를 두고 보지만은 않을 겁니다."

"이야기가 다르지 않습니까! 분명히 허락해 주신다고……!"

미국 대통령 빌 웨이든에게 불려 간 주미 일본 대사는 자신도 모르게 소리를 지를 뻔했다가 애써 목소리를 낮췄다.

"허락이라니요? 우리는 허락한 적이 없습니다만?"

"하지만 방사능 정수 시설의 건설을 적극 지원해 주셨잖습니까?"

"정수해서 보관하라는 뜻이었지, 방류하라는 건 아니었습니다만?"

그 말에 주미 일본 대사는 할 말이 없어졌다.

물론 빌 웨이든이 방류에 동의했다는 증거는 있다. 그러나 그걸 공개하면? 그러면 뭐가 바뀐단 말인가?

빌 웨이든의 정치력에 타격을 입힐 수는 있을 것이다. 하지만 그 후에 다른 국가의 대통령이 감사하다고 일본의 방류를 허락하지는 않을 것이다. 그저 기밀문서를 마음대로 공개했다고 보복당할 일만이 남아 있을 뿐.

"바다는, 그리고 지구는 모든 인류의 보물입니다. 그걸 방사능으로 오염시킬 수는 없지 않습니까?"

"하지만…… 그러면 돈이…….."

"주변에 돈 잘 쓰더군요. 그 돈이면 충분할 것 같은데요."

빌 웨이든은 이미 그가 주변에 미친 듯이 뇌물을 뿌리고 있다는 사실을 알고 있었다.

물론 그건 자신의 파벌에는 고마운 일이다. 하지만 이 문제를 막지 못하면 빌웨이든은 재선은커녕 다음 선거에서 자신이 속한 정당이 버틸 수나 있을지조차도 불확실하다.

"길게 말하지 않겠습니다. 방류, 하지 마세요."

협의가 아니라 통제를 위한 발언.

그리고 그 말에 주미 일본 대사는 고개를 숙이는 것 말고는 할 수 있는 게 없었다.

⚖

"자네 덕분에 속이 좀 시원하군."

"뭐가 바뀌었습니까?"

송정한의 말에 노형진이 고개를 갸웃했다.

그러자 송정한이 오랜만에 흐뭇한 미소를 지으며 입을 열었다.

"다행히 일본의 알프스 건설이 멈춘 모양이야. 각 나라에서 극렬하게 반대하는 데다 오염수를 방류하는 경우 일본산 물건에 대해 수입 금지 조치를 취하겠다는 나라도 늘어난 덕분이지."

"미국이 방향을 결정했나 보군요."

"말도 안 했는지 아는 건가?"

"뻔하지 않습니까? 전 세계가 반대해도 미국만 찬성하면 오염수를 바다에 들이부을 놈들이 일본 놈들입니다."

하지만 그들은 공사를 멈췄다. 심지어 그간 눈치만 보던 유럽에서 갑자기 공격적으로 협박 아닌 협박까지 시작했다.

미국이 손절 했다는 소리다.

"그래, 일단은 방류는 일어나지 않을 것 같아."

"일단은, 말이죠. 하기야 일본 놈들도 망하기는 싫을 테니까요."

전쟁이라고 사람들의 뇌리에 인식된 이상 방류가 시작되면 온갖 경제적 보복이 반드시 이루어질 수밖에 없다. 불매 운동에서부터 대놓고 물리적 보복까지 천명한 이상 아마 일본은 방류하지 못할 거다.

방류하는 순간 드론이 날아와서 격리된 방사능오염수를 그대로 박살 낼 텐데, 그렇게 오염된 땅은 제염도 불가능하다.

방사능 물질이 땅에 묻힌 게 아니라 땅속으로 스며든 거니까.

"그래, 우리는 거기서 완전히 빠졌고 오염수 방류는 막았다네."

송정한은 허허 웃었다.

최악의 경우 일본과 전쟁에 준하는 단교도 생각했던 그에게는 참으로 다행스러운 일이었다.

"그러면 이제 자네는 뭘 할 건가?"

"일단 도와준 사람들에게 빚을 갚아야지요."

"도움을 준 사람? 누구?"

"그린어스입니다."

"음, 그쪽 사람들은 너무 극렬한 부류 아닌가?"

"그래도 이번 일에 도움이 된 건 사실이죠. 나중에 어떻게 될지는 모르지만 서로 어느 정도 관계를 유지하는 게 좋습니다."

"그건 그렇지."

지금이야 일본이 방사능오염수 방류를 포기한 척하고 있지만 미래는 모를 일이니까.

"그러니 그들과 작은 일 하나만 하면 됩니다."

"작은 일?"

"네."

"어떤 건데?"

"고래, 좋아하십니까?"

노형진은 싱글벙글 웃으며 말했다.

"저는 고래, 좋아합니다. 아, 살아 있는 거요."

"설마?"

"고래 사냥을 막아 봐야지요."

그게 그들의 요구였으니 의뢰받은 일을 할 시간이었다.

목적이 없는 학살

이사벨 로자니는 노형진을 만나자마자 바로 본론으로 들어갔다.

"포경을 막을 수 있다고요?"

"아, 오해는 하지 마세요. 100%는 못 막습니다. 그때도 말씀드린 것 같지만."

"그랬죠. 하지만 70% 이상은 막을 수 있다면서요?"

"네, 일본의 포경은 사실 상업 포경이 아니니까요."

일본조차도 고래 고기보다는 소고기나 돼지고기를 더 선호해서 매년 엄청난 양의 고래 고기가 쌓이고 있다. 그러니 그것만 막아도 자연보호 단체 입장에서는 큰 실적이다.

"알아보셨습니까?"

"당신 말이 맞더군요. 미친놈들. 먹으려고 사냥하는 거라면 그래도 최소한의 이해는 하겠어요. 그런데 먹지도 않아요."

그냥 포경이라는 악습을 유지하기 위해 정부의 지원을 받으며 포경하는 게 바로 현 일본 고래 포경 산업의 현실이었다.

"동료들이 그 사실을 알고 더더욱 화가 났어요."

자연을 보호하고자 모였고, 그래서 포경을 막으려고 했다.

하지만 전통과 별개로 죽였다면 그걸 먹는 게 순리라는 걸 모를 만큼 멍청한 인간은 동료 중에 없었다.

그런데 심지어 먹지도 않는다는 사실에 일부는 피눈물까지 흘리면서 당장이라도 일본으로 찾아가 항의하고 싶어 했다.

"뭐, 그래 봐야 소용없다는 걸 알면서 왜 그러십니까?"

"그러니까 당신을 기다린 거예요. 당신이 방법을 알려 준다고 했으니까."

"그랬죠."

그게 도움을 받는 조건이었으니까.

"일단은 들어가서 이야기하죠."

그 말을 끝으로 노형진이 회의실을 향해 발걸음을 옮기자 이사벨 로자니도 그를 따라 이동했다.

회의실의 문을 열자 이사벨 로자니의 동료들이 테이블 주위로 착석해 있는 것이 보였다.

남은 의자는 서로 마주 보고 있는 의자 두 개.

노형진은 그중 한 의자로 걸어가 앉았다. 그리고 이사벨

로자니가 앉길 기다린 뒤, 그녀와 동료들을 찬찬히 쓸어보며
입을 열었다.

"어디까지 알아보고 오셨어요?"

과거 용산에서나 들을 만한 말을 농담 삼아 던진 것이었지
만 애석하게도 외국인인 이사벨 로자니는 그 농담을 알아듣
지 못하고 매우 진지한 얼굴로 말을 받았다.

"말씀하신 대로더군요. 일본의 포경 산업은 적자가 된 지
오래예요."

아니, 적자 정도가 아니다. 죽어라 고래를 죽이는 일본이
지만 그렇게 잡은 고래의 반도 소비 못 한다.

"그런데 왜 그렇게까지 하는 건지 모르겠어요."

"결국 뇌물이 중요한 거죠. 한국에서도 흔하게 쓰는 수법
입니다."

노형진은 쓰게 웃었다.

"한국에서 흔하게 쓰는 수법이요?"

"보조금 장난 말입니다."

정치인이 보조금을 100억쯤 후하게 지급한다.

그리고 그 보조금을 받은 기업으로부터 3분의 1쯤 돌려받
는다. 심한 경우는 절반을 요구하는 경우도 있다고 한다.

"그런 미친 짓을 한다고요?"

"네, 사실 딱히 비밀도 아니죠. 심지어 국회의원이 자기
보좌관에게 월급을 내놓으라고 하는 경우도 있었습니다."

"뭐라고요?"

이사벨 로자니는 어이없다는 듯 눈을 크게 떴다.

"하지만 그건 정당한 노동의 대가잖아요?"

놀고먹는 보좌관? 애석하게도 제대로 된 보좌관이나 국회의원 아래에서 일하는 사람이라면 그런 일은 일어날 수가 없다. 도리어 과로를 걱정해야 할 정도로 그들은 많은 일을 한다.

"중요한 건 그게 아니죠."

정치인은 권력이 있고 보좌관은 그 권력에 저항하지 못한다는 거다.

"일본은 그보다 더합니다."

일본 정치인이 돈을 내놓으라고 하면 거의 대부분의 기업은 내놓을 수밖에 없다.

"포경 산업의 경우는 서로에게 아주 딱 맞아떨어진 케이스인 거고요."

포경 산업은 이미 적자를 넘어서 붕괴 직전이다. 그걸 일본에서 보조금을 쥐여 주면서 꾸역꾸역 살리고 있는 거다, 이유를 너무나도 뻔한 거짓말로 대충 둘러대면서.

"당연히 일본 정부에 항의는 하셨을 테고. 그래서, 뭐라고 하던가요?"

"일본의 전통문화의 보존 문제라고 하더군요. 포경 산업이 무너지면 그 근본이 되는 지역이 무너진다면서요."

"개소리군요."

노형진은 그 말에 코웃음을 쳤다.

"애초에 포경 산업은 전통이 아니라 악습이니까요."

"맞아요."

물론 정말로 그렇게 잡아서 먹는 거라면 노형진은 굳이 막을 생각이 없다. 식생활은 국가의 문화에 기반하니까.

예를 들어 한국에서 먹는 개고기의 경우 어찌 되었건 한국에서 옛날부터 먹어 온 음식이다. 최근에 와서는 개고기를 먹는 사람도, 개고기를 파는 식당도 현저하게 줄어들었다지만 여전히 먹는 사람들은 그걸 음식이라 인식하고 있고 전통 음식이기도 하니 그들을 미개한 인간이라고 욕하기는 어렵다.

당장 프랑스만 해도 세계 3대 미식 운운하면서도 여전히 푸아그라 같은 걸 먹고 있다. 그러나 그 거위의 간을 살찌우기 위해 얼마나 동물 학대를 하는지 알 사람은 다 안다.

'하지만 잡아 놓고 먹지 않는다면 이야기가 달라지지.'

먹기 위해 어쩔 수 없이 죽였다면 이해라도 한다.

하지만 일본은 고래 고기를 먹지 않은 지 오래되었다.

현재 일본이 사냥하는 고래의 70%는 팔리지 않는 상황.

그럼에도 불구하고 보조금을 받기 위해 매년 수백 마리씩 고래를 죽이고 있고 정치인들은 그 보조금을 돌려받기 위해 고래를 죽이도록 하고 있다.

포경 지역 상권의 소멸? 애석하게도 그것도 불가능하다.

일본의 포경은 일본 근해뿐만 아니라 남극을 비롯한 전 세계에서 이루어지고 있다.

남극의 고래 사냥이 과연 일본 지역 상권에서 얼마나 큰 영향을 주겠는가?

물론 해체된 고래를 팔기 위한 일부 시스템에 영향을 주기야 하겠지만 그걸 굳이 매년 500억에 가까운 돈을 쥐 가면서까지 유지할 이유는 없다.

도리어 그 500억을 다른 방식으로 지역에 지원하면 그 지역의 유통이 완전히 바뀌어서 고래 고기 유통보다 더 상권이 살아날 거다.

"더군다나 전통적인 포경이요? 개소리하지 마세요. 그놈들이 하는 포경이 무슨 전통입니까?"

전통이라는 것은 과거의 문화유산을 이어 간다는 것을 의미한다.

그리고 과거의 포경은 저 멀리 대해나 남극 같은 곳에 가서 거대한 배로 고래들을 추격하면서 무차별적으로 학살하는 게 아니라 수십 명이 작은 배를 타고 목숨을 걸고 고래를 추적해 한 마리를 잡는 거다.

거대한 포경선과 유압식의 작살과 무지막지한 엔진으로 끌어 대는 포경은 전통적 포경이라고 볼 수가 없다.

"네, 맞아요. 거기다 일본 놈들이 고의적으로 임신한 고래만 잡고 있다고요."

이사벨 로자니는 이를 박박 갈면서 분노했다.

그 말에 노형진은 고개를 갸웃했다.

"그건 또 무슨 소리입니까?"

"2018년에 남극에서 잡은 고래만 무려 333마리예요. 그런데 그중에서 122마리는 임신한 개체고 114마리는 미성숙한 청소년기 개체란 말이죠. 이해가 돼요?"

고래는 분명 세계적으로 보호종이다. 한국에서도 알밴 암꽃게 같은 걸 먹으면 불법이다. 일부에서는 알배기라고 좋아하지만 사실 어업의 입장에서는 알을 배거나 임신한 대상은 포획하는 즉시 놔줘야 하는 경우가 대부분이다.

왜냐, 잡을수록 개체수를 급감하니까.

게다가 알을 밴 생물은 에너지가 그 알을 성장시키는 데에 쏠려서 맛이 없다.

알배기 알배기 하면서 알이 꽉 찬 물고기를 잡는 사람들을 어촌에서도 미친놈 취급한다.

하물며 고래는 한 번에 거의 한 마리씩 새끼를 낳는 짐승이다. 그마저도 한 마리의 새끼를 낳으면 다른 짐승처럼 몇 달 또는 일 년씩 키우는 종이 아니다. 한 번 새끼를 낳으면 고래마다 다르지만 3년에서 4년간 키우는 게 고래다.

즉, 미성숙하거나 임신한 고래의 포획은 고래라는 종 보호에 아주 심각한 타격을 줄 수 있다는 뜻이다.

그런데 그런 고래들의 포획량이 연간 포획량의 약 4분의 3이다? 그게 과연 우연일까?

"당연한 거죠."

"당연?"

그런데 노형진의 말에 이사벨 로자니는 어이없어했다.

"뭐가 당연하다는 거죠? 설마 모르고 잡았다는 일본의 주장을 믿으시는 건가요?"

"아니요. 그럴 리가요. 모르고 잡을 수가 없죠."

체급의 차이도, 그리고 속도도 차이가 나는데 모를 수가 없다. 수백 년간 고래를 잡는 것을 생업으로 삼아 온 일본 놈들이 그 사실을 모른다? 그건 말도 안 된다.

"아니까 잡는 겁니다."

"안다고요?"

"일본의 보조금은 포획한 고래의 수만큼 돈이 나옵니다. 그런데 힘세고 강하고 빠른 고래 수컷이 잡기 쉽겠습니까, 아니면 임신해서 느린 암컷이나 아직 자라지 않은 미성숙 개체가 잡기 쉽겠습니까?"

그 말에 이사벨 로자니뿐만 아니라 모두의 얼굴에 분노가 서렸다.

"모르고 잡는 게 아닙니다. 알아요. 그런데 그게 더 잡기가 쉽거든요."

더 빨리 잡을 수 있고, 더 연료를 아낄 수 있으며, 더 쉽게 잡을 수 있다. 그러면서 정부의 보조금은 똑같이 받는다.

그러면 과연 포경선은 어떤 선택을 할까?

"생각해 보세요. 거대한 고래는 해체하는 데에만 3일이 걸릴 겁니다. 하지만 미성숙한 개체라면? 당연히 하루 정도는 아낄 수 있죠. 그리고 그 하루면 한 마리를 더 잡을 수 있는 겁니다."

철저하게 상업적으로 본다면, 그것도 포획한 마릿수를 기준으로 돈을 받는다면 포경선 입장에서는 작고 어린 개체와 임신해서 느린 개체를 잡는 게 너무나 당연한 거다.

"이게 모두 다 그놈의 보조금 때문이라고요?"

"설마 보조금을 줄 때 임신한 고래와 미성숙 개체에 가산금을 주지는 않을 거 아닙니까?"

그러니 잡기 편하고 해체하기도 편한 개체들만 잡는 거다. 그래야 더 돈이 되니까.

"그런……."

일본의 상상을 초월하는 잔인함에 이사벨 로자니와 그 동료들은 크나큰 충격을 받은 모양이었다.

그걸 보면서 노형진은 혀를 끌끌 찼다.

'한쪽만 보는 사람들의 공통점이네.'

단순히 막아야 한다는 사명만 생각하지, 근본적으로 그 원인이나 이유에 대해서는 파악하려 들지 않으니까 현실을 모르게 되는 거다.

애초에 상업 포경을 하는 나라는 일본뿐만이 아니다. 아이슬란드도 상업 포경을 한다.

그런데 아이슬란드는 고래 고기를 먹지 않는 나라 중 하나다. 물론 아예 먹지 않는 건 아니지만 극소량이다.

그러면 그렇게 사냥한 고기는 어디로 갈까?

바로 일본으로 간다.

하지만 그런 아이슬란드도 결국 상업 포경을 포기하게 된다. 왜냐, 일본에서 아예 IWC를 탈퇴하고 상업 포경을 하면서 아이슬란드로부터 수입할 필요가 없어졌기 때문이다.

과거에는 그나마 과학 포경이랍시고 눈치 봐 가면서 적게 잡던 일본이 아예 탈퇴하면서 '너희가 떠들어도 우리는 간다.'라며 닥치는 대로 상업 포경을 시작하자 고래 고기가 남아돌게 되어 아이슬란드로부터 수입할 필요가 없어진 것.

자기들이 잡는 고래 고기의 70%가 남아도는 판국에 누가 수입을 하겠는가?

덴마크령인 페로제도 같은 곳은 정말로 먹기 위해 잡는 상황이다. 거기다 그들은 현대의 거대한 포경선을 쓰는 것도 아니고 사냥하는 대상도 길잡이 고래라고 불리는 중형종 정도 되는 대상인 데다가 과학적으로 페로제도에서 잡는 양은 해당 종의 멸종 등에 영향을 주지 못할 정도로 소수라는 게 과학계의 입장이다.

물론 그걸 보고 있는 사람이야 기분이 나쁘겠지만 말이다.

하지만 최소한 그들은 취미나 돈 벌려고 하는 게 아니라 정말로 고래 고기가 없으면 굶어 죽을 판국이라 사냥하는 거다. 페로제도의 경우는 식량의 30%가 고래 고기라서 고래를 잡지 않으면 아사자가 속출할 판국이니까.

그에 비해 일본은 상황이 다르다. 팔아서 수익을 내는 것조차도 아니고 그냥 일본 정부로부터 보조금을 받으려고 닥치는 대로 학살하는 것뿐이다.

"그러면 일본 정부를 어떻게 막아야 하죠? 지금이라도 테러라도 해야 하나요?"

누군가가 질문하자 노형진은 고개를 흔들었다.

"그게 무슨 의미가 있죠? 애초에 그런 짓을 한다 한들 뭐가 바뀝니까? 막말로 지금 테러에 준하는 행동을 하는 단체들이 있지만 그게 좋은 소리를 듣던가요?"

그 말에 다들 아무런 말도 못 했다.

실제로 그런 행동으로 인해 도리어 사회적인 자연보호 단체들까지 도매금으로 넘어가 함께 욕먹고 있으니까.

"하지만 미스터 노는 이번 방사능오염수 문제에 대해서도……."

"네, 맞아요. 테러 단체 비슷한 걸 만들기는 했죠. 실체가 없기는 하지만."

"그러니까 그런 걸……."

"그게 성공한 건 의견 수렴을 우선했기 때문입니다."

단체를 성공적으로 만들기 위해서는 대중의 강력한 반대 여론이 필요하다. 그래서 일부러 방사능오염수의 방류를 방사능 공격으로 홍보해 대중의 반대 여론을 조성한 것이다.

"만일 그 과정에서 제가 아무런 홍보도 없이 그런 단체를 만들었다면 어떻게 되었을 것 같습니까?"

"그게……."

"아마 자연보호 계통의 극렬 테러 단체가 또 하나 생긴 것으로 끝났겠죠."

전 세계적인 지지? 지원자들과 금전적 후원?

아마 그딴 것도 없이 그냥 인터넷 키보드 워리어 꼴로 지랄 발광하다가 소리 소문 없이 사라졌을 거다.

"지금 그린어스가 일본의 포경선을 물리적으로 공격하는 집단을 만들었다고 가정하면 대우가 어떨 것 같습니까?"

"그게……."

"물론 공격은 어렵지 않죠."

자폭 드론은 암시장에 넘친다.

인명 피해를 일으키지 않을 방법도 많다. 예를 들어 포경선에서 쓰는 작살 발사기만 박살 내도 포경선은 어쩔 수 없이 돌아가야 한다.

"하지만 그건 분명 테러의 영역이라는 거죠."

"하지만 우리는……!"

누군가가 강하게 항의하려고 했다.

하지만 그런 그의 입을 노형진은 강하게 막았다.

"아, 선의다 뭐다 하지 마세요. 그린어스는 자연보호 단체

중에서도 강성입니다. 그 사실을 모르지는 않을 텐데요?"

"우리가 뭔 강성이라고……."

"그래요? 그러면 나가서 더 강성한 집단을 만드세요. 드론으로 어선도 공격하시고 어뢰도 발사하시고요. 제가 아는 암시장 브로커를 소개해 드릴 테니까."

그 말에 누구도 말하지 못했다. 실제로 그린어스는 자연보호 단체 중에서 강성으로 분류되고 있으니까.

노형진이 왜 수많은 단체들 중에서 그린어스와 손잡았겠는가? 세력도 세력이지만 다른 단체들은 일본으로부터 뇌물을 받고 입을 닥칠 가능성이 높기 때문이 아니던가?

"강성이라는 건 아차 하면 테러 단체가 되는 겁니다."

그랬기에 섣불리 무력행사를 할 수가 없다. 당장 대일본투쟁전선 역시 공식적으로는 그린어스와는 아무런 관련이 없는 조직이다. 노형진이 조용히 몰래 만든 조직이니까.

만일 대일본투쟁전선이 그린어스 산하에 만들어졌다면 활동도 해 보기 전에 테러 단체로 찍혔을 가능성이 크다.

"그러면 우리는 어떻게 하라는 거죠?"

"합법적인 방법을 써야죠."

"소송은 이미 해 봤습니다. 하지만 아시잖아요?"

"네, 알죠."

일본의 포경 산업은 철저하게 국제법상 불법이다. 단순히 사람들이 '나쁘다.'라고 표현하는 걸 넘어서 실제로 국제사법

재판소에서 포경 금지를 선고했다.

하지만 일본은 그런 국제사법재판소의 결정을 완전히 개무시하고 있다.

일본은 툭하면 한국에 독도 문제를 국제사법재판소로 끌고 가자고 게거품을 물지만, 정작 국제사법재판소의 결정을 가장 개무시하는 나라 중 하나가 바로 일본이다.

"그렇다고 일본에서 소송해 봐야······."

"네, 소용없죠."

일본의 판결은 철저하게 자국 이익을 우선시하며 법관의 양심이나 사회적 통념 같은 것의 영향을 받지 않는다.

예를 들어 일본에서 개인도 아닌 기업을 간첩 집단으로 규정하고 처벌하려다가 걸린 적이 있었다.

멀쩡한 기업이었고 중국에 수출했는데 그걸 일본 공안이 생화학물질 제조에 쓸 수 있다고 주장하면서 죄를 뒤집어씌웠던 것.

물론 그건 구조적으로 불가능한 물건이었고 심지어 일본 경제산업성조차도 해당 물건으로 생화학병기를 만드는 게 불가능해서 자신들이 승인해 준 거라고 답신했지만 공안은 그 자료를 폐기하고 계속해서 죄를 뒤집어씌웠다.

결국 그 과정에서 한 명이 죽었고 나머지도 쓰러지기 직전까지 가서 회사가 망했다.

그리고 나중에야 그게 진짜로 생화학 무기 제조 가능성 때문이 아니라 그 당시 검사와 공안에서 반중국 성향인 정권에 아부하기 위해 간첩 사건으로 조작했다는 사실이 밝혀졌다.

그나마 그중 일부 수사관의 양심선언으로 사건이 터져 나가기는 했지만 여전히 피해자들은 아무런 배상도 못 받았고 사건을 조작했던 검사와 공안 직원들은 일본 정부 내부에서 승승장구하고 있다.

그 정도로 일본의 사법 시스템은 권력 지향적으로 굴러가고 있기에 아무리 노형진이 그린어스와 손잡고 소송해 봐야 바뀌는 게 없다고 예상하기는 어렵지 않았다.

"그러니까 다른 방법으로 이야기해 봐야죠."

"다른 방법?"

"자본입니다."

"자본?"

"네."

"자본을 통해 해당 산업을 망하게 하는 겁니다."

노형진은 싱글벙글 웃으며 말했다. 그러나 이사벨 로자니와 동료들의 얼굴은 여전히 어두웠다.

"하지만 저희는 그 정도 자본이 없는데요?"

"돈이라는 건 말입니다, 꼭 많을 필요는 없습니다. 적당한 돈을 적당한 곳에 투입하면 되는 거죠."

"그래도 된다고요?"

"네. 한국에 재미있는 일화가 있거든요?"

한국의 모 비누 공장에서 매번 비누가 담기지 않은 종이 갑이 나오는 오류가 발생했다.

그 빈도가 생각보다 높았기에 공장에서는 그 종이 갑을 걸러 내기 위해 무게 감지 장비와 엑스레이 장비를 투입하기로 하고 견적을 냈다.

그런데 그 비용이 수십억 원.

하지만 사람이 생산된 종이 갑을 하나하나 흔들어 볼 수는 없기에 결국 장비들을 주문하려 했는데, 그 순간 갑자기 비누 갑의 불량이 급감했다.

당연하게도 그 원인을 알아보기 위해 다급하게 전문가들이 모여들었다.

원인은 간단했다. 불량을 확인하는 직원이 집에서 쓰지 않는 선풍기 하나를 가져다가 종이 갑들을 향해 강풍으로 틀어 뒀던 것.

그러자 가벼운 상자가 날아가고 무거운 상자만 남게 된 것이었다.

고작 몇만 원짜리 선풍기 하나로 해결할 수 있는 걸 기업에서는 어렵게 생각하면서 수십억짜리 장비를 추가로 구매하려고 했던 거다.

"이것도 마찬가지입니다. 적당한 방법만 쓰면 그 지원을 끊어 버릴 수 있죠."

그 말에 이사벨 로자니는 한결 밝아진 얼굴로 고개를 끄덕거렸다.

"그게 가능하다면 저희가 지원에 최선을 다하겠습니다.
그러면 어떻게 해야 할까요?"

"일단은 일본으로 가야죠. 호랑이를 잡으려면 호랑이 굴
에 들어가야 하지 않겠습니까?"

그 말에 이사벨 로자니는 돌연 어색하게 미소 지었다.

"끄응, 입국 금지라니."

"어쩔 수 없습니다. 회장님에게 일본이 암살자를 보내지
않는 것만 해도 다행일 겁니다."

"하긴, 그건 그렇죠."

'아마 나도 일본에서 입국 금지를 시키고 싶어서 눈깔이
돌아가 있을 테지.'

이사벨 로자니는 일본에 올 수가 없었다. 아주 오래전에
일본에서 그녀의 입국을 금지했기 때문이다.

물론 범죄 기록이 있다면 이해라도 한다. 어느 나라든 해
외의 범죄자가 자국에 들어오는 건 예민하니까.

하지만 이사벨 로자니는 어떤 범죄도 저지른 적이 없다.
가장 심한 위법행위가 과속 딱지 정도.

극렬하다고 소문난 그린어스의 리더이긴 하나 그건 어디

까지나 정치적 문제에 관해서지, 미쳐서 테러를 저지르는 게 아니다.

그럼에도 불구하고 일본은 그녀의 입국을 금지해 둔 상태였다.

"안 봐도 뻔하죠. 일본의 포경선에 대해 지속적으로 제소하고 소송하니까 그런 거겠죠."

결국 이사벨 로자니 대신에 오게 된 그린어스의 대리인 데이지 어원은 한숨을 푹 쉬며 말했다.

"그나저나 용케 미스터 노는 입국을 막지 않았네요."

"호오? 그걸 어떻게 아셨습니까?"

"저희도 노 변호사님에 대해 알아볼 만큼 알아봤습니다. 일본과의 사이가 결코 좋다고는 볼 수 없겠던데요?"

노형진은 그 말에 빙긋 웃었다. 틀린 말은 아니니까.

"일본 성격을 보면 당연히 입국 금지를 할 줄 알았는데 말이죠."

"하하하. 뭐, 잠깐 그랬죠."

"잠깐?"

"네, 하지만 지금은 문제없습니다."

실제로 일본이 말도 안 되는 핑계로 노형진에게 입국 금지를 걸어 버리려고 시도한 적이 있기는 하다.

하지만 애초에 마이스터의 대리인이라는 노형진의 신분의 특성상 입국 금지를 해 버리면 마이스터라는 거대한 회사로부터 사실상 단절되는 데다 노형진이 심어 둔 정치인들이 그 걸 결사반대해 이뤄지지 못했다.

'최악의 경우는 일왕에게서 초청장을 받아 볼까 생각도 했 는데 말이지.'

아무리 일본 정부가 미쳤다고 해도 일왕―그들의 표현에 따르면 천왕―이 초청한 손님을 입국 금지를 해 버리면 국가 가 반쪽이 날 일인지라 그 방법을 생각해 보지 않은 바는 아 니나, 다행히도 일본 정부는 정치인 중 일부가 '마이스터의 보복을 감당할 수 있겠느냐?'라고 질문하자 바로 꼬리를 말 아 버렸다.

'여전히 약자에게 강하고 강자에게 약한 놈들이란 말이지.'

노형진은 속으로 혀를 끌끌 차면서 일본으로 들어왔다.

그러고는 느긋하게 택시를 타면서 데이지 어윈에게 물었다.

"그러면 제가 들어온 이상 어떤 일이 벌어질지도 알겠네요?"

"아예 감출 생각도 안 하던데요? 한두 명이 아니던데."

"역시 눈치가 빠르시네요. 단순히 자연보호 단체 소속으 로 일하는 분치고는 엄청 빠르신데요?"

노형진이 비행기에서 내리는 순간부터 아예 대놓고 공안 이 따라붙은 상황.

"이사벨 대표님이 저를 왜 보냈겠어요?"

"하긴, 그러네요."

일본의 포경을 줄이기만 해도 자연보호 업계에서는 엄청

난 치적이다. 수십 년간 그걸 막지 못하고 있었으니까.

그런데 그 일을 해낼 사람으로 데이지 어원을 보냈다는 것은 차기 대표로 그녀를 생각하고 있다는 의미나 마찬가지다.

사실 생각해 보면 당연한 거다. 한때 인기 있는 배우였던 이사벨 로자니가 자연보호에 관심을 가지고 그린어스에 투신한 건 사실이나 이제 슬슬 은퇴를 생각해야 하는 나이.

비행기를 타고 전 세계를 돌면서 협상하고 주장하고 이야기하기에는 체력적 한계에 부딪힐 나이다.

그렇다고 아무나 대표를 시킬 수는 없다.

무식한 인간이 대표가 되면 그 조직은 협상이나 투쟁같이 극렬한 방법만 쓰게 돼서 결국 도태된다는 걸 이사벨 로자니는 너무 잘 아니까.

그래서 그린어스가 다른 조직보다 골치 아픈 거다. 분명 극단적 투쟁 집단으로 분류되는데 범죄와 같은 충격을 주는 방식이 아닌 정치적 방법을 이용하려는 성향 때문에 정치인들이 가장 머리 아파하는 집단이 바로 그린어스다.

"그나저나 일본 공안이 대놓고 감시하는 것 같은데 어떻게, 가능하시겠어요?"

"그걸 감안하고 와야죠."

노형진은 싱글벙글 웃으며 말했다.

"공안은 말입니다, 저를 잡아넣고 싶어서 아주 팔짝 뛸 겁니다. 그러니까 그들을 끌고 다녀야죠. 그들을 끌고 다니면서 정치인들을 만나면 아마 공안 입장에서는 머리 좀 아플 겁니다."

일본의 공안 입장에서 노형진은 때려죽여도 시원치 않을 대상이다.

물론 노형진이 대놓고 일본과 전쟁하거나 한 건 아니지만 노형진이 일본에 대한 정책에서 그들에게 불리한 선택을 권하거나 경제적으로 그런 행동을 한 건 사실이니까.

'그런데 그런 인간이 정치인을 만나러 다닌다?'

당연히 막아야 한다고 생각할 거다.

문제는 그렇게 생각하면서도 정작 막기는 힘들 거라는 거다. 그런 짓을 했다가는 일본 정치인들이 가만있을 리가 없으니까.

"두고 보세요. 이참에 저 인간들에게 탈모가 생기게 해 주자고요, 후후후."

⚖️

노형진은 가장 먼저 일본의 국회의원들과 약속을 잡았다.

마이스터와 미다스의 대리인인 노형진이 만나자고 하는데 그걸 거부하는 사람은 없었다.

그리고 그 첫 번째 대상은 츠카베 타카코라는 여성 정치인이었다.

노형진이 그녀를 표적으로 삼은 이유는 단순했다.

'일본에서 여성 정치인은 엄청난 독종이거든.'

물론 한국이나 일본이나 여성 정치인들이 정치에 입문하는 것은 절대 쉬운 일이 아니다. 하지만 한국의 경우는 그걸 아예 법적인 규정으로 여성 할당제를 만들어서 공천도 일정 이상은 여성이 해야 하고 비례도 번갈아 가면서 여자 1번, 남자 2번, 여자 3번, 남자 4번과 같이 여자가 좀 더 유리한 방향으로 해서 여성 정치인의 정치 입문이 아주 어렵지는 않았다.

하지만 일본은 그런 게 없다. 거기다 일본은 여성에 대한 사회적 이미지가 좋지 않다.

대놓고 성추행도 빈번하게 일어나는 데다가 크리스마스 케이크와 같은 여성 비하 언행도 공공연하게 이루어지는 나라가 바로 일본이다.

이게 무슨 소리냐면 여자 나이 25살이 넘어가면 가치가 급격하게 떨어진다는 걸 크리스마스인 12월 25일에 비유한 거다.

당연히 그런 분위기의 정치권에 들어와서 자리 잡으려면 지독하게 독종이어야 한다.

'그리고 내 정보가 맞다면 츠카베 타카코는 이 포경에 대해 우호적이다 못해 열광적이지.'

당연하다. 츠카베 타카코의 지역구는 항구, 그것도 현재 주요 포경 기업들 중 하나가 자리 잡은 곳이니까.

그곳에서 나온 국회의원이 포경 산업에 대해 적대적이다?

그럴 리가 없다. 당연하게도 츠카베 타카코는 포경하는 기업들로부터 막대한 뇌물을 받고 있을 거다.

'그러니 시작은 그녀가 딱 좋아.'

아마도 그녀는 모를 거다. 자신이 미끼가 될 줄은 말이다.

"츠카베 타카코라고 합니다."

"노형진이라고 합니다. 이쪽은 그린어스의 데이지 어원입니다."

노형진과 츠카베 타카코의 만남은 쉽게 이루어졌다.

그리고 예상대로 츠카베 타카코는 노형진을 상당히 경계하는 눈치였다.

'당연한 건가?'

노형진이 알게 모르게 일본에 적대적인 건 딱히 비밀도 아닐뿐더러 국회의원이라면 그걸 모를 이유가 없으니까.

더군다나 일본에서 노형진의 지원을 받아 국회에 입성한 사람이 있기는 하지만 그 외의 다른 의원들에게는 도리어 그게 기득권을 깨트리는 걸로 보이기에 당연히 적대적일 수밖에 없었다.

"그래서, 저를 왜 찾아오셨죠?"

"이번에 의원님의 지역구인 자토루항에 대한 투자를 하려고 하는데요."

"자토루항에 대한 투자요?"

그 말에 츠카베 타카코의 눈에 어린 경계심은 더더욱 강해졌다.

일반적으로 투자는 반가운 일이다. 하지만 그 자본이 한두 푼이 드는 것도 아니고, 노형진이 이유도 없이 자토루항에 대해 돈을 들이부을 이유가 없다.

그 사실을 안다는 듯 노형진은 싱글벙글 웃으며 말했다.

"아, 물론 저희가 그냥 투자하는 건 아닙니다."

"그러면요?"

"자토루항에 자리 잡은 포경 기업을 구입하고 싶습니다."

"뭐라고요?"

"자토루항에 포경선을 운영하는 기업이 있지요? 하루메사 어업이라고."

노형진의 말에 츠카베 타카코는 순간 말을 못 했다.

왜냐하면 실제로 있으니까.

그러니 있다고 대답하면 그만이다.

하지만 상대방은 노형진이다. 그런데 어떤 생각을 하는지, 그리고 어떤 목적으로 접근한 건지 모르니 쉽게 답할 수가 없었던 것.

하지만 그렇다고 마냥 모른 척할 수도 없었다. 그의 입에서 기업명이 나온 것 자체가 이미 알고 왔다는 걸 의미하니까.

"네, 있습니다. 다만 하루메사 포경산업이 정확한 이름입니다."

"그렇군요. 그곳을 사고 싶습니다."

"그곳을요?"

"네."

하루메사 포경산업.

포경선 여섯 척을 운영하는 일본에서는 제법 커다란 곳이다.

심지어 그 포경선 여섯 척은 일본 근해 조업용도 아니고 원양어업용, 즉 남극 등지에서 활동하는 초대형 선박이다.

고래만 해도 큰데 그 큰고래를 잡아서 끌어 올려서 해체해 냉동 보관해야 하니 얼마나 크겠는가?

당연히 일본에서도 포경 산업으로는 최소 3위 안에 들어가는 기업이었다.

"그곳을 산다고요?"

"네."

"왜요?"

"'왜?'라고 물어보셔도 제가 뭐라고 답변을 드려야 할지 모르겠네요. 마이스터는 투자회사입니다. 투자회사가 투자한다는 건데요."

"그러니까 포경 산업에 투자하겠다는 말씀이십니까?"

"네."

'뭔 개소리지?'

츠카베 타카코도 안다. 포경 산업은 이제 지는 해다. 그런데 거기에 투자하겠다니?

"저희는 고래를 잡아서 그 유통 구조를 바꾸면 충분한 이득이 생길 거라 생각합니다."

노형진의 말은 그럴듯해 보였다.

하지만 저게 개소리라는 걸 누구보다 츠카베 타카코도 안다. 당장 일본에서 남아도는 게 고래 고기다. 자신도 차라리 소고기를 먹으면 먹었지, 고래 고기는 판촉 행사나 정치적 행사가 아니면 잘 먹지 않는다.

그 특유의 식감이나 맛이 그녀에게는 맞지 않기 때문이다.

그리고 의외로 점점 그런 사람들이 많아지고 있었다.

애초에 일본이 고래 고기를 먹게 된 것이 육상동물을 먹지 못하게 한 일본의 전통적 법률 때문이었으니 그럴 만도 했다.

정확하게는 육식 금지령 때문인데, 금지 대상이 소, 닭, 말, 개, 원숭이 등과 같은 동물이었기에 살기 위해 고래도 생선이라는 핑계로 잡아먹은 것이었다.

'그런데 그걸 사겠다고?'

그녀로서는 도무지 이해하기 어려운 선택이었다.

"진심이십니까?"

"제가 거짓말을 할 이유는 없습니다만?"

츠카베 타카코는 그 말에 왠지 떨떠름해졌다.

"그렇다면 회사에 직접 말씀해 보셔야……."

"그래도 좋은 관계를 유지하고 싶어서 말이죠. 저희가 다 짜고짜 거래할 수도 없고 더군다나 그 유통 과정에서 포장이나 해체 같은 것은 결국 항구에서 해야 하는데 말이죠. 그럼 항구의 시설에 투자해야 하는 게 당연한 수순이니까요."

확실히, 그 모든 걸 할 때 직접 거래하기보다는 정치인이나 중계인을 두는 게 사업에서 나쁜 선택은 아니다. 최소한 정치인이 가운데에 있으면 어느 쪽이든 너무 극단적으로 싸우려고 들지는 않기 때문이다.

특히 일본같이 정치인이 사실상 지역 토호가 되어 버린 경우에는 그들의 중계를 이용하지 않으면 나중에 다른 문제가 생길 수도 있다.

"그러니까 잘 이야기해 주셨으면 합니다만."

"제가 말입니까?"

"네, 의원님이 아니면 누가 이런 걸 중계하겠습니까?"

"그거야……."

분명 일반적인 상업의 영역에서 보자면, 그리고 일본의 정치적인 문화를 감안하면 그게 나쁜 판단은 아니다. 나쁜 판단은 아닌데…….

'그런데 어째서인지 너무 꺼림칙해.'

본능이 마음 한편에서 이 제안을 받아들여선 안 된다고 속삭이고 있었다.

그럼에도 불구하고 츠카베 타카코는 선택의 여지가 없었
다. 왜냐, 중재가 들어왔는데 정치인이 마음대로 커트할 수
는 없기 때문이다. 그러니 당연하게도 그걸 그녀가 전달해야
한다.

"그러면 이야기해 보고 말씀드리겠습니다."

결국 츠카베 타카코는 찝찝한 마음을 억누르면서 노형진
이 원하는 대로 해 줄 수밖에 없었다.

"잘 부탁드립니다."

노형진은 미소를 지으며 그녀의 두 손을 꽉 잡았다.

이미 작살은 꽂혔다

"뭐라고요?"

"마이스터에서 하루메사 포경산업에 투자하고 싶어 합니다. 정확하게는 인수죠."

"그러니까, 우리 회사를 인수하고 싶어 한다고요?"

"네."

츠카베 타카코의 말에 하루메사 포경산업의 대표인 야마모토 시즈오는 어안이 벙벙했다.

"진짜로 저희를 인수하고 싶어 합니까?"

"네."

"아니…… 왜요?"

"그거야 저도 모르죠."

츠카베 타카코도 진심으로 궁금했다. 하지만 일단 중재를 부탁받은 이상 자신이 일방적으로 거부할 수도 없었다. 자신의 회사도 아닌 데다가 그런 걸 자신이 아무런 이유도 없이 거절했다가는 나중에 지지도 못 받고 지원도 못 받게 될 수도 있기 때문이다.

"일단 그쪽에서는 이런 이유로 저에게 중재를 부탁했습니다. 그러니 잘 생각해 보시고 답변을 주세요."

"음……."

"다만 마이스터와 노형진은 위험한 놈들입니다. 그러니 그들을 너무 믿지는 마시고요."

"아니, 아무리 그래도……."

분명 일본이라는 국가, 아니 현 일본의 정부 입장에서 마이스터와 노형진은 어떻게든 처리하고 싶은 위험한 대상일 거다.

하지만 기업 입장에서는 그게 아니라 현실적인 거래 대상이고, 특히나 하루메사 포경산업 입장에서 이건 일생일대의 기회처럼 보였다.

"저는 경고했습니다."

그걸 알기에 츠카베 타카코는 애써 재차 경고했지만 이미 그녀의 목소리는 야마모토 시즈오의 귀에 들어가지 않고 있었다.

"그래서 어떻게 생각하나?"

하루메사 포경산업의 회의실. 그곳에서 회의가 이루어지고 있었다.

주요 이사들과 그리고 대표인 야마모토 시즈오가 참석한 회의였다.

기업을 매각한다는 것은 절대로 쉬운 일이 아니다. 그런만큼 매각과 관련해서 다양한 가능성을 생각하고 또 생각해야 한다.

하지만 이번 회의에 던져진 미끼는 너무 강력했다.

"대표님, 이번 기회에 매각하고 나가시는 게 어떨까요?"

"가토! 어떻게 그런 말을 할 수 있나! 기업을 왜 미국에 팔아!"

"아니, 그러면 이대로 쥐고 무너질 겁니까? 오카다 상, 말을 해 보세요. 지금 우리 기업의 상황 모르십니까?"

"끄응."

"지금 고래가 안 팔려요. 재고가 쌓이고 쌓이고 또 쌓여서이제는 냉동 창고를 구하는 것도 힘들 지경이란 말입니다."

"그거야……."

"포경 산업이 몰락하고 있다는 거 다 아시지 않습니까?"

"……."

한 소리 들었던 가토는 오카다에게 화를 내면서 말했다.

"우리는 지금 몇 년째 적자입니다. 은행 대출도 상환하지 못하고 버티고 있는 거란 말입니다."

"아니, 그거야 정부 지원으로 어떻게……."

"그게 문제 아닙니까? 지금이야 정부 지원으로 버티고 있습니다만 정부 지원이 끊어지면요? 그러면 우린 매년 적자가 600억 이상 쌓일 겁니다. 정부가 단 1년만 지원을 끊어도 우리는 버티지 못한단 말입니다."

배가 있기는 하지만 그걸 어디다 팔아먹을 수조차도 없다.

왜냐, 그 배는 포경선이니까.

포경선은 일반 선박이 아니라 특수 선박이다. 전 세계적으로 이제 포경이 금지되다시피 한 상황에서 포경선을 팔아먹어 봤자 고철화하는 것 말고 의미가 없다.

개조? 개조하는 것보다 차라리 그 돈을 주고 새로 뽑는 게 더 쌀 거다. 수십 년이 된 포경선을 누가 사서 개조하겠는가?

차라리 화물선이라든가 여객선 같은 건 범용성이 뛰어나서 다른 데서 써먹겠지만, 포경선은 애초에 고래라는 한 종을 잡기 위해 설계된 배라 개조비가 새로 만드는 거보다 더 많이 든다.

당연히 개조하면 안정성도 떨어지게 되고 말이다. 무게중심이 박살 날 테니까.

"우리 입장에서는 이건 어떻게 보면 기회입니다. 지금이 아니면 우리가 손 털고 나갈 수 있는 기회가 없을지도 모릅니다."

"하지만 정부에서는……."

"그러니까 그걸 언제까지 믿을 수 있느냐고요. 100년? 200년?"

가토의 말에 이사들은 아무런 말도 하지 못했다.

실제로 일본 정부로부터 막대한 보조금을 들이붓다시피 하면서 도와준 덕에 일본의 포경 산업이 지금까지 존속할 수 있었지만, 그렇기에 일본에서 포경 산업의 미래가 없다는 걸 누구나 알고 있었다.

그 막대한 보조금을 받아 내기 위해 일본의 정치인들에게 주는 뇌물이 어디 한두 푼인가? 보조금의 거의 3분의 1이 다시 정치인들의 계좌로 들어가고 있다.

당연히 고래를 잡아 봐야 한 마리당 남는 것도 별로 없기에 이들은 죽어라 고래를 잡을 수밖에 없었다.

한 마리라도 더 잡아야 한 푼이라도 더 보조금을 받으니까.

"음…… 확실히 그게 문제이기는 하지."

가토의 말에 야마모토 시즈오 역시 인정할 건 인정하자면서 고개를 끄덕거렸다.

"시간이 지나면 더더욱 그럴 테고."

"사장님."

"아니, 가토의 말이 틀린 건 아니야. 노년층이 죽으면 매출은 더 줄어들 거야. 젊은 사람들 사이에서 고래 먹는 사람을 얼마나 봤나?"

"……."

"그나마 지금도 노년층 덕에 버티는 상황 아닌가?"

실제로 주요 매출은 젊은 층이 아닌 자연스럽게 고래 고기를 먹고 자란 노년층에게서 나오고 있었다.

그건 어찌 보면 당연한 거다.

한국도 동물보호 단체들이 수십 년간 먹지 말자고 홍보하고 노력했음에도 거의 변화가 없었던 개고기 문화가 최근 들어 급속도로 사라지고 있는 이유가 개고기를 먹는 세대가 줄어들어서가 아니던가?

젊은 사람들 입장에서는 달리 먹을 게 없는 것도 아닌데 특출하게 맛나지도 않은 개고기를 굳이 욕먹어 가면서까지 먹을 이유가 없으니 안 먹는 것뿐이다.

더군다나 젊은 세대는 집에서 개를 키운 이들의 비율이 높다 보니 개라는 짐승이 아닌 가족으로 인식되는 경우가 많아 개를 먹는 것에 대해 거부감이 심한 사람들이 제법 된다.

"고래도 마찬가지 아닌가?"

당장 그걸 익숙하게 먹던 세대는 줄어들고 있고 젊은 세대는 극히 일부 취향을 타는 사람을 제외하고는 기피하고 있다.

그나마 개처럼 가족이라고 인식하는 수준은 아니지만 '고래를 보호하자.'라는 운동을 알게 모르게 본 적이 있기에 고래를 먹는 것에 대한 거부감이 살짝 있는 상황.

하지만 그걸 이겨 내고 꾸준하게 고래 고기를 먹을 만큼 고래 고기가 맛있냐면 그것도 아니다.

"장기적으로 보면 고래 고기는 사양 산업이 맞아."

어쩌면 시간이 지나면 다시 살아날지도 모른다. 애초에 고래 보호 단체처럼 인식되는 IWC만 해도 정식 명칭이 고래보존위원회 따위가 아니라 국제포경위원회다.

그들은 엄밀하게 말하면 '포경을 그만두자.'가 아니라 '상업적 포경이 가능할 정도로 고래가 늘어날 때까지 포경을 멈추자.'라고 주장하고 있다.

하지만 성장도, 그리고 출생도 느린 고래의 특성을 생각하면 최소 수십 년에서 최대 수백 년까지 소요될 테고, 그때쯤이면 사람들은 고래 고기를 음식으로 생각하지 않아 포경이 재개되지 않을 가능성이 높다.

"중요한 건 설사 진짜로 그때가 온다고 해도 우리가 버티는 건 전혀 다르다는 거야."

포경이 재개될 즈음에는 아마도 이 자리에 있는 사람들은 대부분 죽거나 침대에서 일어나지도 못할 가능성이 크다.

"그러면 사장님은 기업을 매각해야 한다고 생각하시는 겁니까?"

오카다는 혹시나 하는 얼굴로 물었다.

그러나 그 질문에 야마모토 시즈오는 고개를 흔들며 부정했다.

"그건 또 아니야."

"네?"

"츠카베 의원이 바보는 아니거든. 그 여자는 똑똑해. 그 여자가 경고해 준 건 우연이 아닐 거야."

"음……."

"더군다나 츠카베 의원이 그러더군, 그 노형진이라는 인간이 데이지 어윈이라는 여자와 같이 왔다고."

"데이지 어윈?"

"그린어스 소속이라고 하더군."

"그린어스요?"

그린어스라는 말에 다들 눈을 찡그렸다. 다들 포경 산업에 종사하기에 그린어스가 어떤 놈들인지 누구보다 잘 알기 때문이다.

"거기 소속이 왜요? 그놈들이 미쳤다고 포경 산업에 투자할 리가?"

"그게 문제야."

산업에 투자하려고 한다면 그린어스 놈들과 동행할 이유가 없다. 그렇다고 포경을 막는 게 의도라면 회사를 살 이유가 없다.

"가장 가능성이 높은 건 우리를 사서 폐업 처리시키는 거지."

"아!"

그러면 그린어스 입장에서는 충분히 고래 포경을 막는 셈이 된다.

"하지만 그건 마이스터에 엄청난 적자가 될 텐데요?"

"그게 문제야."

마이스터가 사회적으로 좋은 일을 하는 것은 사실이다. 하지만 고작 고래 따위를 보호하겠다고 수천만 달러를 태운다?

더군다나 일본에 있는 포경 회사는 이곳뿐만 아니다. 그걸 다 구입해서 폐업 처리한다면 1억 달러 가까이 들 수도 있다.

"그걸 마이스터에 투자한 투자자들이나 위탁한 사람들이 그냥 둘 리가 없지 않나?"

그러니 목적조차도 불투명하다.

"하지만 그래도 접촉해 볼 가치는 있을 것 같군."

"어원 양과 같이 간 이유요?"

"네, 제가 없었다면 협상이 이루어지기가 더 쉬웠을 것 같은데요."

노형진과 호텔을 잡고 투숙하던 데이지 어원은 노형진의 방으로 들어오자마자 질문부터 던졌다.

"밖에 나갔다 오신다더니…… 음…… 의외네요?"

그녀의 손에 들린 건 다름 아닌 일본에서 흔하게 볼 수 있는 덕질용품이었다.

"일본을 싫어하시는 줄 알았는데요."

"일본이 싫은 게 아니에요, 일본에서 하는 포경이 싫은 거지. 그건 구분해 주세요. 저희가 뭐, '지구에서 인간이 문제야.'라면서 인간을 박멸하려고 하는 악의 조직도 아니고."

그 말에 노형진은 고개를 끄덕거렸다. 애석하게도 실제로 그런 조직들이 없는 건 아니니까.

"그건 그렇죠. 그런데 왜 오자마자 화를 내십니까? 보통 덕질 하는 분들은 그런 거 사면 좋아하시던데."

"제가 갈 때마다 시커먼 양복을 입고 따라다니는 놈들이 눈에 띄니까 그렇죠. 호텔 로비에서도 눈에 불을 켜고 있던데요?"

"그래서 불편하신 건가요?"

"불편한 건 없죠. 저도 일하러 온 거니 일이 우선이지, 이건 부차적인 문제니까요."

그렇게 말하면서 데이지 어윈이 사 가지고 온 물건을 곱게 바닥에 내려놓았다. 그 모습을 본 노형진은 피식 웃었다.

데이지 어윈의 말이 계속됐다.

"제가 말씀드리고 싶은 게 바로 그거예요. 이사벨 로자니도, 하루메사 포경산업도 저에 대해 모르지는 않을 거라는 거요."

그냥 조용히 있었다면 아마 그들은 데이지 어윈을 마이스터의 직원이나 노형진의 비서쯤으로 생각했을 거다.

하지만 노형진은 그렇게 신분을 감추지 않고 대놓고 데이지 어원이 그린어스 소속임을 알렸다.

"지금쯤 엄청 경계하고 있을걸요."

"그러라고 한 겁니다. 그리고 혼란을 주려고요."

"혼란?"

"공안이 저를 가만두겠습니까?"

"당연히 아니죠."

"네, 아마도 지금쯤 츠카베 타카코에게 찾아가 저와 어떤 이야기를 했는지 꼬치꼬치 캐물을 겁니다."

"그러겠죠."

"그리고 츠카베 타카코는 당연히 모든 걸 말했을 테고요."

"네, 맞아요."

"그리고 그로 인해 공안도 츠카메 타카코도, 그리고 하루메사 포경산업도 혼란스러울 겁니다. 지금 어원 양이 말씀하신 것처럼 말입니다."

"네?"

"회사를 사러 왔는데 왜 적대적인 조직 사람을 데려왔는가, 라는 거죠."

당연히 그들은 혼란스러워할 거다. 이건 싸우자는 소리도, 그렇다고 대화하자는 것도 아닌 이상한 상황이니까.

대화하자고 찾아온 사람이 악수하려고 손을 내밀었는데 다른 손에는 대놓고 칼을 들고 있는 것만큼 수상한 게 어디 있겠는가?

"그러니까요. 그게 저는 이해가 안 간다는 거예요. 제가 안 갔더라면…….."

"아뇨, 어원 양이 안 갔으면 아예 파토가 날 겁니다."

"파토라고요?"

"네."

"어째서요?"

"제가 업보가 있지 않습니까? 그들은 바보가 아닙니다. 제가 좋은 의미에서 접근하지 않을 거라는 것 정도는 예상할 겁니다."

"그러면 거절하겠죠?"

"아뇨, 또 그게 웃긴 거죠. 거절은 하지 않을 겁니다."

"네? 어째서요?"

"자연보호적 입장에서가 아니라 상업적 입장에서 포경 산업은 미래가 없습니다."

최소한 현시점에서는 그렇다. 그러니 그들은 기업을 팔고 싶어 할 거다.

"그러니 다짜고짜 거절하고 모른 척하지는 않을 겁니다. 어떻게든 팔고 싶겠죠."

"아, 그러네요."

일본에서는 누구도 사지 않으려고 할 거다. 내부에 상황을 아는 사람이라면 당연하게도 지금 상황을 모를 리가 없으니까.

"그러니까 저를 엄청 경계할 겁니다."

아마 노형진이 하고자 하는 걸 하나하나 의심하고 경계하면서 어떻게든 막으려고 할 거다.

"하지만 어원 양이 함께 움직였죠. 그러면 감시 대상이 둘이 되죠."

"아……."

한 명을 감시하는 것과 두 명을 감시하는 것. 그건 완전히 다른 문제다.

당장 지금만 해도 노형진은 호텔에서 쉬고 있지만 일부는 데이지 어원을 감시하러 따라갔으니까.

"그건 그렇긴 한데, 국가 입장에서 그게 그렇게 큰 의미가 있나요?"

일본 정부 입장에서는 두 명을 투입하나 스무 명을 투입하나 이백 명을 투입하나 결국 감수할 수 있을 정도의 감시 인력일 뿐이다.

당장 지금 노형진이 찾아낸 감시 인원만 해도 열 명이 넘는다. 그것도 노형진 한 명을 감시하는 인원이니 데이지 어원까지 생각하면 열다섯 명 이상 된다고 봐야 한다.

"물론 그렇죠. 하지만 그래서 더더욱 같이 가야 했습니다."

"어째서요?"

"인간은 말입니다, 같이 다니면 목적이 같다고 생각하거든요."

"네? 아니, 우리 목적이 같지 않나요? 제가 잘못 알았나요?"

데이지 어원은 어이가 없다는 듯 물었다.

노형진이 고개를 끄덕거렸다.

"네, 목적은 같습니다. 그렇지만 군이 같이 움직일 이유는 없죠. 2차대전에서 유럽과 미국은 동맹이었죠. 그렇지만 그 작전을 다 공유하지는 않았습니다."

"그게 무슨 말이죠?"

"지금 일본 정부는 아마도 제가 데이지 어원 양과 같은 목적, 즉 고래 포경을 막기 위한 것이라고 생각할 겁니다. 그건 사실이죠. 그리고 우리가 함께할 수 있는 방법을 찾아내려고 할 겁니다."

"함께할 수 있는······."

노형진의 말을 곱씹던 데이지 어원은 뭔가를 깨달았다.

"그러네요. 원래 계획대로라면 저는 딱히 필요가 없군요."

"네, 사실 어원 양이 계획에서 차지하는 비중은 아주 작죠. 사실상 없다고 봐도 무방하고요."

그럼에도 불구하고 노형진은 데이지 어원, 아니 그린어스에서 누군가는 같이 가야 한다고 줄기차게 주장했다.

노형진의 말을 듣고 곰곰이 생각하던 데이지 어원이 감을 잡은 듯 중얼거렸다.

"하지만 지금 일본 정부나 하루메사 포경산업은 우리가 함께 포경을 막을 수 있는 방법을 찾을 거라 생각할 테고······."

"그 방법은 아주 높은 확률로 우리가 어업 회사를 인수해서 폐업 처리하는 거라고 생각하겠죠."

"제가 있으니까요?"

데이지 어원의 물음에 노형진은 고개를 끄덕였다.

아마 노형진이 그걸 유지하면서 돈을 벌 거라고는 눈곱만큼도 생각하지 않을 거다.

"그리고 그게 목적입니다."

"저는 연막이라는 거군요."

"네, 맞습니다."

데이지 어원과 그린어스. 그들은 진짜 목적을 위한 연막이었다.

"그리고 그들은 그걸 이용하고 싶어 하겠지요."

아마 그들 딴에는 어떻게든 노형진에게 비싸게 팔아먹고 손 씻으려 할 거다.

"하지만 그 과정에서 뭐가 문제인지 그들은 모를 겁니다, 후후후."

노형진과 그린어스가 할 일은 이제 기다리는 것뿐이다.

충분히 기다리고 또 기다리면 그들은 천천히 자기 함정에 빠져들게 될 것이다.

"자, 이제 덕질은 그만하시죠. 이제 주무셔야 합니다. 다른 곳에 가서 또 만나야 하니까요."

"쉴 틈이 없겠네요."

"네, 그리고 그건 저쪽도 마찬가지일 겁니다."

승자는 그 안에서 더 멀리 보는 사람이라는 걸 노형진은
알고 있었다.

노형진은 일본에 있는 주요 포경 기업들을 찾아다니면서
인수 의사를 타진했다.

당연하게도 그 과정에서 똑같이 현지 국회의원을 끼고 들
어갔고, 매번 데이지 어원을 데려갔다. 그리고 그런 행동을
일본 정부와 공안은 분석했고 곧 한 가지 답을 도출해 냈다.

정확하게는 예측이었다.

"그래서 우리 회사를 구입해서 폐업 처리하는 게 목적이라
고 생각한다더군요."

일본포경협회. 일본에 있는 포경 기업들이 손잡은 곳으로
정치인에게 적극적으로 로비하는 곳이기도 하다.

그런 그곳이 이번 사태에 모일 수밖에 없었다.

일본에 있는 거의 모든 포경 기업이 인수를 원하고 있으니까.

"폐업 처리?"

"네, 마이스터의 가장 큰 무기가 뭡니까? 바로 돈 아닙니까?"

"그건 그렇죠."

다른 회사의 사장들도 고개를 끄덕거렸다.

"그러니 그들의 전략은 뻔합니다. 마이스터가 우리 회사

를 인수해서 폐업 처리한다."

"흠…… 그렇게 되면 확실히 일본의 포경 산업은 심각한 타격을 입게 될 겁니다."

누군가가 떨떠름하게 말했다.

그런데 그 말을 들은 일부가 왠지 불만으로 가득한 얼굴로 말했다.

"뭐, 이미 타격은 심각하게 입지 않았습니까?"

"뭐요?"

"우리, 상업 포경 괜히 했습니다."

"아니, 지금 그걸 말이라고!"

"아니, 사실이 그렇지 않습니까? 지금 죄다 은행에 빚이 얼마예요?"

"누가 이렇게 될 줄이나 알았소이까!"

"끄응."

"자 자, 그만 싸워요. 누구도 예상하지 못했던 일이 아닙니까?"

사실 일본의 포경 산업의 급락은 예상치 못한 일이었다.

일본은 과거에 과학 포경이라는 핑계로 대놓고 수백 마리에 달하는 고래를 잡았지만 그마저도 부족해서 다른 나라에서 고래 고기를 수입해서 팔아야 했다.

그랬기에 일본포경협회는 로비를 통해 아예 상업 포경을 할 수 있게 해 달라고 지속적으로 요구해 왔고 실제로 일본은 그 돈을 받고 아예 IWC에서 탈퇴하는 극단적 선택을 내렸다.

그들 입장에서도 IWC에 주는 돈도 아까웠으니까.

당연하게도 그건 한순간 이루어진 게 아니었고 이미 계획이 다 세워져 있었기에 이 기업들은 모두 상업 포경을 통해 막대한 부를 쌓을 생각에 미리 있는 돈을 다 끌어서 포경선을 주문 제작해 둔 상태였다.

"젠장, 코델09바이러스만 아니었어도."

일본이 상업 포경을 시작하고 초반에는 좋았다. 닥치는 대로 고래를 잡아서 더 이상 수입할 필요가 없어졌으니까.

하지만 코델09바이러스가 유행하기 시작하면서 분위기는 손바닥 뒤집듯 바뀌었다.

경기가 박살 나면서 상대적으로 비싼 고래 고기를 먹는 사람들이 급감했고 거기에 더불어서 격리되어 있으니 굳이 고래 고기를 먹으려고 하지도 않았다.

그나마 그때는 어찌어찌 버텼다. 그런데 그 코델09바이러스 때문에 노년층이 엄청나게 죽은 것이 문제였다.

고래 고기를 먹을 줄 알던 세대가 엄청나게 죽어 버린 것.

실제로 일본은 코델09바이러스 당시에 아예 방치하다시피 해서 '일본이 노년층 처분 목적으로 코델09바이러스를 이용하고 있는 것 아니냐.'라는 의심까지 받을 정도였으니까.

"그렇게 말이오. 그게 그렇게 될 줄이야 누가 알았겠소."

물론 아무리 죽었어도 고래 고기를 먹는 사람이 싹 다 죽은 것도 아니고 노인만 싹 다 죽은 것도 아니다. 아무리 많이 잡아 봐야 주요 소비층에서 10%나 죽었을까?

문제는 그 10%라는 노년층의 사회적 입지였다.

예를 들어 일본에서 할아버지나 할머니가 '고래 고기를 먹고 싶다.'라고 말하면 가족들은 혼자 먹으라고 1인분만 사 오지는 않는다. 못해도 인원수에 맞추거나 그보다 좀 더 넉넉하게 사 온다.

노인 포함 6인 가족이라면 구매하는 고래 고기의 양은 7인분 아니면 8인분쯤 되는 거다.

그런데 노인이 죽어 버리고 5인 가족이 되자 상황이 바뀌었다. 고래 고기를 즐기던 노인이 사라지고 남은 젊은 5인은 고래 고기보다 돼지고기나 소고기가 더 익숙하다.

심지어 가격도 고래 고기보다 돼지고기나 소고기가 더 싸다. 그러니 그들은 고래 고기를 더 이상 먹지 않고 돼지나 소를 먹는 거다.

즉, 죽은 사람은 한 사람이지만 소비층은 여섯 명이 증발한 셈.

거기다 코델09바이러스 이후로 경기가 안 좋아지면서 가격 문제로 손대지 않는 사람까지 생겨나며 결과적으로 예상하지 못한 사태로 고래 고기 소비량이 아예 박살 났던 것.

과거에는 막대한 수익으로 뇌물을 주면서 상업 포경을 관철시켰던 일본포경협회지만, 이제는 반대로 막대한 빚과 소비 위축으로 인해 정부의 보조금 없이는 생존조차도 불투명한 상황이 된 거다.

모처럼 비싼 돈 주고 포경선을 만들었는데 매출이 나오지 않는 상황.

"이왕 이렇게 된 거, 이참에 아예 손 털고 나가는 것도 방법일지도 모르오."

야마모토 시즈오는 진지한 얼굴로 말했다.

"손을 털고 나가자고요?"

"우리가 언제까지 적자를 감당할 수 있을지 모르는 일 아니오?"

"그거야 그런데……."

"더군다나 지금 상황이 나아질 가능성은 높아 보이지 않으니까."

"으음……."

일단 주요 소비층이 줄어든 게 타격이 크다. 그리고 그걸 되돌릴 방법은 없다.

실제로 일본에서 황급히 고래 고기의 소비를 촉진하는 법을 만들기도 했지만 효과는 거의 없었다.

이 촉진법이라는 것의 의도가 급식에 고래 고기를 사용해서 고래 고기를 먹는 법을 다음 세대에게 알려 주자는 것인데, 애초에 젊은 세대나 어린 세대가 고래 고기를 먹지 않는 건 단순히 맛이 아닌 돈의 문제인 데다가 결정적으로 노년층과 달리 인터넷에 익숙한 젊은 세대는 고래를 죽이는 건 세계적으로 인정받지 못하는 행위라는 것 정도는 알고 있었기에 식사로 나오면 어쩔 수 없이 먹기야 하겠지만 굳이 그걸 비싼 돈을 줘 가면서 사 먹으려고는 하지 않기 때문이다.

"그렇다고 경기도 나아질 것 같지 않고."

한때 일본은 전 세계에서 가장 잘사는 나라였다.

그러나 잃어버린 30년이라는 시절을 겪은 후로 많은 것이 바뀌었다.

당장 일본에 오는 중국 관광객의 입에서 '과거의 향취가 느껴진다.' 같은 소리가 나올 정도니까.

아무래도 중국에서 일본으로 관광하러 올 정도의 사람이라면 잘사는 사람이기야 하겠지만 아무리 그래도 그 정도면 심각하게 낙후되었다는 소리다.

당장 한국만 해도 일본이 한국보다 열 배를 더 번다던 과거와 달리 지금은 그 일본의 최저임금을 넘어서지 않았던가?

"그런 상황에서 매출이 늘어나기는 힘들겠죠."

그렇다 보니 일본의 사람들에게 절약은 생활 그 자체가 되었다. 그런데 비싼 고래 고기를 먹을까?

"답이 없으니까 그냥 팔고 털어 내자 이거군요."

"맞습니다."

"음…… 하지만……."

그 말에 다들 한순간 말을 못 했다.

왜냐, 노형진과 데이지 어윈이 포경 기업들을 인수하겠다고 접촉했지만 말 그대로 '접촉만' 했기 때문이다.

제대로 협상한 것도, 상황을 본 것도 아니다. 그저 '인수하고 싶은데 이야기 한번 나눠 보시죠.'라고 말한 수준이다.

'아무리 그래도 일본 회사들을 모조리 인수할 리가 없어.'

물론 정말로 기업을 인수해서 폐업 처리하는 게 목적이라면 다 인수할 수도 있겠지만.

'시간이 지날수록 가격은 떨어진다.'

그게 문제였다. 시간이 지날수록 가격이 떨어질 거라는 것.

'젠장, 생각할 게 너무 많아.'

야마모토 시즈오는 욕이 절로 나왔다.

가능성이 무려 두 가지였으니까.

첫 번째, 폐업이 목적이다.

그런데 그게 목적이라면 비싸게 팔고 나가는 게 최선이다.

하지만 아무리 마이스터라 해도 한꺼번에 다 사서 폐업하지는 않을 거다. 그러니 빨리 파는 게 유리하다. 나중에는 더더욱 불리해지니까.

두 번째, 진짜로 인수해서 기업을 운영하려는 거다. 그런 상황이라면 더더욱 상황이 다급해진다.

그린어스와 왔다는 건 어느 정도 그들과 이야기가 되었다는 건데, 그린어스의 성격을 생각하면 한 곳을 인수한 후에 나머지를 싹 다 말려 죽이는 전략을 쓸 가능성이 크기 때문이다.

그린어스도 100% 막을 수 없다면 최소한 통제되는 영역에 회사를 두려고 할 테니까.

그런데 마이스터의 규모를 생각하면 다른 곳들은 제대로 저항도 못 하고 싹 다 밀려 버릴 가능성이 크다.

'어느 쪽이든 늦게 팔리는 놈들이 그만큼 불리할 거야.'

노형진의 예상대로 이들은 그린어스의 존재를 아주 심각하게 받아들이고 있었기에 모든 계획의 핵심에는 그린어스가 있을 거라 생각하고 움직이고 있었다.

"정부에서는 뭐라고 하던가요?"

"일단 파는 게 좋지 않겠냐고 하더군요."

"뭐라고요?"

"아시지 않습니까, 아무리 정부라고 해도 보조금을 얼마나 줄지."

애초에 일본포경협회에 대한 보조금은 일본의 예상에는 없던 돈이다.

얼마 전까지만 해도 막대한 수익을 내면서 국제적 반발까지 무시하고 상업 포경을 하게 할 정도로 잘나가던 일본의 포경 산업이 이렇게 무너질 거라고 일본 정부의 그 누가 예측이나 했겠는가?

그나마 그 당시에 받아먹은 것에 대해 입을 털어 대면 곤란하기에 보조금이라는 형태로 막대한 돈을 쥐여 주고 있지만 그걸 10년, 20년씩 줄 가능성은 그리 높지 않다.

"팔고 손 터는 게 좋겠다, 이거군요."

"흠……."

다들 파는 쪽에 관심을 보이자 야마모토 시즈오는 더더욱 머릿속이 복잡해졌다.

'츠카베 타카코가 조심하라고 했는데 말이지.'

그러나 모두가 다 팔자를 외치는 상황. 그 상황에서 자신은 안 팔겠다고 버틴다?

'젠장, 그러면 남은 똥은 내가 다 뒤집어쓰겠지.'

그랬기에 그의 머릿속에서는 츠카베 타카코의 경고가 점점 희미해지고 있었다.

"일단은 각자 이야기해 보고 나중에 다시 이야기하도록 하죠."

협회장의 말. 하지만 그 말을 다른 사람들은 다르게 들었다. '먼저 파는 놈들이 이기는 거다.'

"그렇지요, 허허허."

"그럽시다."

다들 웃고 있었지만 머릿속에는 단 한 가지 생각뿐이었다. 저놈들보다 더 빨리 팔아야 한다는 생각 말이다.

⚖️

노형진의 예상대로 포경 기업들을 팔기 위해 접촉하는 놈이 한둘이 아니었다.

심지어 일본에서만 활동하는 작은 기업들조차도 인수 여부를 타진하고 있었다.

"일본에서도 작은 기업들이 생각보다 많군요."

"당연한 거죠."

더군다나 상대적으로 일본 근해에서 잡는 놈들은 로비 능력이 떨어지기에 보조금이 적을 수밖에 없다.

"그렇게 차이가 큰가요?"

"큽니다. 지원은 큰 곳으로 쏠리는 경향이 있거든요."

"그래요?"

"그렇기 때문에 문제가 많죠."

예를 들어 한국에서 언론사에 보조금이 나가는 건 딱히 비밀도 아니다. 그런데 그게 어떻게 나가는지 아는 사람은 극히 드물다.

"예를 들어 한국에서 언론의 지원은 말입니다, 지원이 필요 없는 놈들에게로 갑니다."

"네? 어째서요?"

"그래야 통제하기가 쉽거든요."

사람들이 생각할 때 언론의 보조금은 당연히 작고 중립적인 언론에 더 많은 보조금이 지급되어야 한다고 생각한다.

하지만 현행법은 신문을 얼마나 찍어 내느냐에 따라 보조금이 지급된다. 그렇다 보니 큰 놈들이 다 독식하는 구조다.

그런데 언론은 규모가 큰 것 자체가 권력이고 그 자체로 광고를 넣도록 압박하기 쉽다.

실제로 광고는 필요 없지만 그들과 좋은 관계를 유지하기 위해, 또는 그들의 협박에 굴해서 광고를 넣는 기업이 한둘이 아니다.

그에 반해 작은 언론사들은 영향력이 없으니 당연히 상대적으로 광고를 받기가 힘들다.

"그러면 더더욱 작은 곳에 줘야 하는 거 아닌가요?"

"유럽식 판단이라면 그렇죠."

작은 곳이 지원받아야 균형이 맞고, 그래야 언론의 자율성과 중립성이 보장되니까.

"하지만 한국, 아니 동양에서는 말입니다, 언론은 하나의 권력기관이자 동시에 통제 대상입니다."

작은 놈이야 그냥 둬도 아무런 힘도 없으니 그냥 두면 알아서 말아 죽어 간다. 그에 반해 큰 놈들은 적으로 돌리면 여러 가지 애로 사항이 꽃핀다.

"그러니까 그걸 해결하는 방법은 간단하죠."

돈을 쥐여 주는 거다. 그리고 적당한 핑계가 그 규모를 기준으로 보조금을 주는 것.

그러다 보니 한국에서는 대형 언론사 신문사 세 곳이 거의 모든 보조금을 싹 쓸어 가는 게 현실이다.

"그리고 그건 일본도 마찬가지입니다."

작은 곳에 돈을 주느니 큰 곳에 돈을 몰아주는 게 낫다.

"그리고 작은 곳은 망하면 대기업이 먹을 수가 있거든요."

그에 반해 큰 곳이 망하면 작은 곳은 그걸 커버할 수가 없다. 왜냐, 유통망을 만들 수도 없고, 그렇다고 큰 곳이 운영하던 유통망을 흡수할 능력도 안 되기 때문이다.

"상업적으로 봤을 때 작은 곳은 대체가 가능하지만 큰 곳은 대체가 불가능합니다. 그리고 정치적으로 봤을 때 작은 곳을 지원하면 그들이 줄 수 있는 뇌물이 얼마나 될 것 같습니까?"

그 말에 데이지 어원은 눈을 찡그렸다. 하지만 이해하기 어려운 것은 아니었다. 유럽이라고 해서 뇌물을 원하지 않는 깨끗한 정치인만 있는 건 아니니까.

"그건 그러네요."

매년 500억에 가까운 보조금을 주지만 동시에 그중 3분의 1은 다시 정치인들에게 뇌물로 돌아간다는 게 노형진과 그린어스의 예상이다.

그런데 작은 곳에 그 보조금이 지급되면?

당연히 들어가는 돈도 많고 필요한 돈은 더 많다. 기업이 작다면 유통자금이 부족하기 마련이니까.

"그러니까 현실적으로 보면 큰 곳에 보조금이 지급되는 게 너무나도 당연한 겁니다."

"아, 그러면 작은 곳은 인수하지 말고 그냥 두면 되겠네요."

데이지 어원은 그 말에 반색했다. 노형진의 말대로라면 작은 곳은 계획대로 굴러가면 자연스럽게 망할 테니까.

그런데 노형진의 생각은 달랐다.

"아뇨, 그럴 수는 없습니다. 작은 곳은 인수해서 살려야죠."

"뭐라고요? 그놈들은 잔인하게 고래를 사냥하는 놈들이에요!"

"하지만 동시에 일본 근해, 정확하게는 일본에서 관리하는 영해 내부에서만 활동하는 기업들입니다. 그들을 망하게 할 수는 없습니다."

"뭐라고요? 어째서요? 설마 일본의 바다가 그들의 영역이라서, 라고 생각하시는 건가요?"

왠지 화가 난 표정을 짓는 데이지 어원의 모습에 노형진이 혀를 끌끌 찼다.

'하긴, 이쪽 계통 사람들이 똑똑해도 좀 극단적이지.'

대안도 없이 그냥 물고 늘어지다 보니 애초에 주변에서 상대하지 않게 되는 거다.

극단론은 참으로 그럴듯하고 이상적으로 보이지만 동시에 그게 이루어질 가능성이 거의 없다시피 하다는 걸 그들은 인정하지 않으려고 한다.

"아뇨, 피해를 줄이기 위해서죠."

"피해를 줄인다고요?"

"계획대로 된다고 칩시다. 그래서 작은 곳까지 싹 다 말려 버리면 저 인간들이 포경을 그만둘까요, 아니면 다른 회사를 차려서 포경을 계속할까요?"

"그게……."

그 말에 데이지 어원은 아무런 말도 못 했다.

"고래 고기를 먹는 사람이 줄어드는 것과 고래 고기를 먹지 않는 건 다릅니다. 더군다나 일본에서 주장하는 고래 고기를 먹는 전통이라는 것도 아예 틀린 말은 아니거든요."

"그건 악습이라고 했잖아요?"

"안 먹는데 보조금 때문에 죽이고 쌓아 두는 게 악습이죠. 현실을 부정하면서 싸우면 절대 싸움에서 이기지 못할 겁니다."

"그런……."

"단도직입적으로 묻죠. 이번 계획으로 일본의 포경 산업을 작살냈다고 치죠. 그러면 외부 세력에 의해 자신들의 식문화가 통제받는 것에 대해 불만을 품은 일본의 저항은 어쩔 겁니까? 일본에서 포경을 못 하면 다른 곳에서 수입하려고 할 텐데, 그러면 아이슬란드 같은 곳에서 다시 포경을 시작하지 않을까요? 아이슬란드가 포경을 멈춘 건 고래를 보호하기 위함이 아니라 일본이 상업 포경으로 닥치는 대로 고래를 잡는 바람에 수지타산이 맞지 않았기 때문임을 잊지 마세요. 실제로 그쪽도 슬슬 눈치 봐서 다시 하고 싶어 한다는 걸 모르시지는 않을 텐데요? 그리고 그걸 떠나서 아이슬란드까지 어떻게 해서 막았다고 칩시다. 그러면 페로제도는 어쩔 겁니까? 일본에서 자기들이 먹겠다고 페로제도를 통해 수입하려고 하지 않을까요? 세상에 가난한 나라들은 많습니다.

돈만 주면 고래를 싼 가격에 공급할 나라는 넘쳐 나죠. 베트남이나 필리핀이나 하다못해 중국도 가능하겠네요. 그들을 다 막을 겁니까? 그들에게도 매번 똑같은 방법으로 망하게 할 겁니까? 그놈들이 붕어 대가리도 아닌데, 이번에 당해 놓고 또 속을 것 같습니까?"

노형진은 아주 작심하고 몰아붙였다.

현실을 제대로 인식하지 못하면 싸워 봐야 도돌이표니까.

아니나 다를까, 데이지 어윈은 말을 하지 못했다.

"오래된 속담 중에 이런 말이 있습니다. 고양이도 쥐를 몰 때는 도망갈 구석을 만든다는."

"그렇죠……."

"제가 포경 업자라면 말입니다, 동네가 싹 다 말라 죽어 버리면 차라리 제로에서 시작할 겁니다. 그리고 정치인들이 그걸 적극적으로 지원하겠죠."

그들에게는 일본 전통의 수호라는 적절한 변명이 있으니까.

"그러면 어쩌라는 건가요?"

"장기적으로 봐야죠. 고래 산업은 극소수만 살아남아야 합니다."

"그리고요?"

"높은 가격을 유지해야죠."

"높은 가격을 유지한다고요?"

"네, 지금 고래 고기의 매출이 줄어든 원인 중 절반은 그

겁니다."

돼지고기나 소고기에 비해 터무니없이 높은 가격.

딱히 맛이 뛰어난 것도 아닌데 훨씬 비싼 가격.

바로 그것 때문에 젊은 세대가 먹지 않는 거다.

"하지만 인간은 배가 고프면 뭐든 먹게 됩니다."

만일 필리핀이나 베트남, 아니면 중국 같은 곳에서 싼 가격에 고래 고기가 들어오면 어떻게 될까?

다시 그 매출이 늘어날지도 모른다.

그리고 그렇게 되면 그 나라들은 포경을 더더욱 늘릴 거다.

"그때는 싸우는 대상이 일본이 아니라 필리핀이나 베트남, 아니면 중국이 될 겁니다."

"그……."

"그리고 그 나라 사람들은 일본 놈들처럼 신사적이지 않을 겁니다."

농담이 아니라 실제로 그렇다.

일본의 포경 기업은 방해하는 행위가 그저 귀찮은 파리가 앵앵거리는 수준이고 돈은 정부에서 주니까 딱히 잔인하게 대할 이유가 없는 거다.

하지만 필리핀이나 베트남 같은 나라들은 일본 정부가 보조금을 줄 리가 없으니 고래 사냥 자체가 생계에 직결된다.

"그놈들이 망망대해에서 뭔 짓을 할지 알 게 뭡니까? 그 뉴스 모르세요? 중국 어선에서 일하던 노동자가 죽으면 그냥 바다에 던진 거?"

당연히 제대로 된 보상금이나 심지어 밀린 월급조차도 주지 않는다.

가족들이 찾아오면 돌아오는 말은 도망갔다는 말뿐이다.

일하던 사람들은 노예처럼 매일같이 맞으면서 부려 먹히다가 우연히 한국으로 배가 태풍을 피해서 피항하자 바다에 뛰어들어서 한국 정부에 도움을 요청해 살아남았다.

그들이 한국에서 그런 이유는 간단하다. 중국에서는 그래 봤자 중국 경찰은 수사 해결은커녕 그들을 잡아서 다시 선주에게 보내, 목에 쇠사슬이 채워질 테니까.

"망망대해에서 작은 선박으로 알짱거리는데 큰 배로 들이박아 버리면 알 게 뭡니까?"

고래가 사는 바다는 많은 곳이 추운 곳이다. 사람이 물에 빠지면 한 시간을 채 못 버틴다. 설사 살아남아도 모가지를 따 버리면 그만이다.

"건질 필요도 없죠."

허우적거리는 사람은 작살로 쏴 버리면 끝이다. 작살은 어차피 자동으로 회수할 수 있으니까.

"그거 막을 수 있습니까?"

"……."

그 말에 데이지 어원은 아무런 말도 못 했다.

부정하고 싶지만 오랜 사회운동을 하면서 그녀도 안다, 생계가 걸린 인간들이 얼마나 잔인해지는지.

"돈을 주는 일본 정부가 있기에 도리어 일본 포경 선박들이 선을 넘지 않는 겁니다."

작은 배를 침몰시키고 방치하면 국제적 문제로 확장돼서 정부의 지원이 끊어질 가능성이 높아지니까.

"그러면 어쩌라는 건가요?"

"말 그대로입니다. 일본 내해에서 고래를 잡는 작은 곳은 그냥 둘 겁니다."

그들은 규모가 작기에 절대로 고래 고기를 싼 가격에 팔수 없다. 그들이 먼바다에 가서 포경할 수 있을까? 아니, 불가능하다.

"게다가 애초에 그런 계획은 세우지 않으면 그만이죠."

"으음……."

그때쯤이면 그들은 모두 마이스터나 다른 유령 기업 산하에 들어가 있을 테니까.

"일본 근해에서 고래를 잡는 걸 아무리 그린어스라 해도 막지는 못합니다. 그건 아시죠?"

일본이 남극 같은 곳에서 그들을 막을 수 있는 건 남극해에 대해서는 누구에게도 권한이 없기 때문이다.

남극해에서 일본이 포경할 수도 있지만 동시에 그린어스나 시위자들 역시 선박을 타고 접근해서 그걸 막을 수도 있다.

"하지만 일본 내부는 아니죠."

영해에 들어오기 위해서는 허가받아야 하는데 일본 정부가 미치지 않고서야 그걸 허가해 줄 리가 없다.

"어찌어찌 들어왔다고 칩시다. 그러면 그걸 막으면 어떻게 될 것 같습니까? 일본의 사법 시스템이 얼마나 지독한지 모르시지는 않을 텐데요?"

일본 영해는 단순히 일본에서 물고기를 잡는 바다라는 것만 뜻하지 않는다. 그 자체로도 일본의 사법권 안에 있다는 뜻이다.

"테러 행위나 속여서 입국한 경우는 관련법 위반으로 처벌이 가능하겠죠."

어찌어찌 들어와서 포경을 막았다고 치자.

그린어스의 조직원에게 10년이나 20년 형을 선고해도 그린어스는 해 줄 수 있는 게 없다. 그냥 그의 인생만 망가질 뿐이다.

그리고 일본 법원에서 그린어스에 한 100억쯤 벌금을 먹여 버리면?

그때는 일본의 그린어스는 전 재산을 털리는 거다.

당연히 그린어스 관련자들의 입국도 막힐 테고.

"그 사실을 아니까 그린어스가 일본 근해 고래 포경에 대해 찍소리도 못 하고 있었던 거 아닙니까?"

그 말에 데이지 어원은 다시금 아무 말도 하지 못했다.

실제로 고래 포경을 막는 행동은 일본 영해가 아닌 외부에서 이루어진다.

그린어스가 아닌 다른 조직에서 일본 영해에서 같은 짓을 했다가 모조리 체포당하고 엄청난 벌금과 실형이 나왔기 때문이다. 실제로 그로 인해 해당 행위를 위한 선박을 구하는 것조차 불가능한 게 현실이다.

"막을 수 없다면 이용해야지요."

단순히 막는 데서 그치지 않고 가능한 모든 수단을 동원한다. 그게 이상론자들과 노형진의 가장 큰 차이였다.

"작은 곳을 이용해 일본에 고래 고기를 공급하면서 높은 가격을 유지하고 궁극적으로 더 가격을 높여야 합니다."

그렇게 되면 사람들은 더더욱 고래 고기를 먹지 않게 될 거다.

"하지만 그렇게 되면 다른 나라에서 수입하는 게 가능해지잖아요?"

"아뇨, 좀 다르죠. 없는 것과 있는 건 다르거든요."

예를 들어 일본에 고래 고기의 구매처가 아예 없다면 자연스럽게 수입하게 된다.

하지만 구입할 곳이 있다면 일본은 '포경은 일본의 고유의 문화다.'라는 주장을 유지하기 위해서라도 수입에 소극적일 수밖에 없었다.

"과거에 일본이 고래 고기를 수입한 이유는 고기가 부족했기 때문입니다. 하지만 지금은 고기가 남아돌고 있죠."

물론 고래 고기의 포획량을 줄이기 시작하면 그때부터는 고기가 부족해질 것이다.

"그때는 일본에 압박을 가하면 됩니다."

일본의 문화를 지키기 위해서라도 고래 고기의 수입을 막아야 한다.

"천천히 고래 고기에서 일본 사람들의 마음이 떠나게 하면 되는 겁니다."

실제로 아무리 그린어스라 해도, 그리고 노형진이라 해도 고래 고기를 갑자기 먹지 말라고 할 수는 없다.

그건 전 세계적으로 불가능한 일이다. 그래 봤자 반발만 불러올 뿐이니까.

소위 선진국이라는 나라들 중에 그런 시도를 한 나라가 한둘이 아니었다. 하지만 대부분 반발만 일으켰지, 실제로 완전히 금지된 경우는 거의 없었다.

"마음을 떠나게 한다라……."

"네."

"그러기 위해서는 한 가지뿐이네요."

"네, 큰 곳이 망해야 합니다."

대해에서 고래를 잡는 곳이 망하고 말 그대로 지역 사업만 남아야 이 모든 게 가능해진다.

"그러니까 이제 남은 작업을 계속해야지요."

그리고 이미 그들의 온몸에는 작살이 꽂혀 있었다.

진실은 차가운 법

　노형진의 예상대로 일본에 있는 포경 기업들은 마이스터
에 포경 기업을 판매하겠다고 너도나도 달려들었다.

　어차피 미래도 없겠다, 이참에 아예 비싸게 넘기고 손 털
고 나가고 싶었던 것.

　그리고 그 부작용은 생각보다 빠르게 터져 나왔다.

　　마이스터, 부도덕한 기업에 투자를 멈춰야 한다.

　유럽의 한 기사에서 시작된 이 이야기는 엄청나게 빠르게
전 세계를 강타했다.

　당연하다면 당연했다.

전 세계에서 가장 가능성이 높고 예측을 잘하는 투자회사가 마이스터고, 동시에 사회적으로 올바른 일을 많이 하는 기업 중 한 곳이 바로 마이스터가 아닌가?

그런데 그런 마이스터가 전 세계적으로 규탄받는 산업인 고래 포경 산업에 대한 진출을 모색한다고 하니 관심이 쏠리지 않을 수가 없다.

마이스터는 포경 산업 진출. 자본의 변질의 시작인가?

사회적 책임을 외치던 마이스터. 이제는 자본이 우선인가?

"아주 그냥 때려죽이겠네."

노형진은 그렇게 욕하는 기사들을 보면서도 화를 내거나 어이없어하기는커녕 피식피식 웃기만 했다.

"아니, 화 안 나요?"

"화요? 왜요?"

"당신과 당신 회사를 욕하는데?"

노형진은 데이지 어원의 말에 보던 신문을 내리며 말했다.

"그러라고 하는 겁니다만?"

"네?"

"마이스터는 투자회사이지, 당신네처럼 사회단체가 아닙니다. 돈이 되는 것 중에 사회적으로 도움이 되는 걸 선택하는 것은 사실이지만, 사회적으로 도움이 되는 걸 선택하는 투자회사라는 이미지는 도리어 우리 입장에서는 반갑지 않거든요."

노형진은 자신의 말을 이해 못 하는 얼굴의 데이지 어원에게 단호하게 선을 그었다.

"마이스터는 말입니다, 투자회사로서 투자금을 맡긴 사람들을 위해 일해야 합니다. 투자금을 맡긴 사람들에게 피해를 입히는 방식으로 사회운동을 한다면 그건 기업이 아니라 사회단체죠."

"그게 나쁜 건 아니잖아요?"

"아뇨, 나쁘죠. 아주 나쁜 겁니다. 모든 기업에는 각자의 역할이 있습니다. 제 역할도 하지 못하는 기업에 어떤 미친놈이 투자합니까?"

가령 사탕 회사에서 '사탕은 건강에 좋지 않으니 아주 가끔만 먹는 게 좋습니다.'라고 홍보하면 어떤 미친놈이 그 사탕 회사에 투자하려고 하겠는가?

"그런데 왜 저희를 도와주겠다고 하시는 거죠?"

"돈이 별로 들지 않는 선행이니까요."

"하?"

돈이 엄청나게 드는 거라면 답이 없지만, 돈이 별로 들지 않는 거라면 기꺼이 할 수 있다.

"돈을 못 벌면서 선한 일을 하는 투자회사는 병신이지만, 돈 잘 벌면서 선한 일을 하는 회사는 이미지나 홍보에 유리하거든요."

　어차피 자신의 돈을 맡길 거라면 투자자 입장에서는 상대
적으로 이미지가 좋은 곳을 선택하지, 누가 봐도 사기꾼인
기업을 선택하지는 않는다.

　물론 그런 곳을 선택하는 사람들이 없는 건 아니지만 그런
곳들은 거의 대부분 고위험의 주가조작 같은 걸 하는 경우가
많아서 하는 놈들만 선택하는 편이다.

　"말장난이야 뭐, 어렵지 않으니까요."

　노형진은 그렇게 말하다가 시계를 힐끔 보았다.

　"자, 그러면 가 볼까요? 협상을 마무리해야죠, 후후후."

⚖

　하루메사 포경산업. 그곳에 도착한 노형진에게 야마모토
시즈오는 싱글벙글 웃으며 말했다.

　"저희 쪽의 의견은 이미 들었지요?"

　"네, 그렇습니다."

　이미 마음을 굳힌 야마모토 시즈오는 츠카베 타카코를 통
해 자신의 요구 조건을 이미 전달한 상황이었다.

　다른 놈들이 허둥거리는 사이에 가장 빠르게 팔아먹기 위
해서였다.

　그리고 동석한 츠카베 타카코는 왠지 불안한 얼굴로 노형

진을 바라보고 있었다.

"왜 그러십니까, 츠카베 의원?"

"아닙니다. 말씀하시죠."

"네, 일단은 저희가 생각하기에는 말씀하신 5천만 달러라는 가치는 너무 높다고 생각합니다."

야마모토 시즈오가 하루메사 포경산업을 넘기는 조건으로 요구한 금액은 5천만 달러. 그러니까 한화로 650억 정도 되는 것이었다.

물론 그들이 가진 선박을 생각하면 도리어 싼 것처럼 보일 수도 있다.

하지만 하루메사 포경산업이 새로운 포경 산업을 위해 은행의 대출과 기타 빚까지 모조리 마이스터가 넘겨받는 조건이고 이 5천만 달러라는 돈은 오로지 야마모토 시즈오 개인에게 주는 돈이라는 걸 생각하면 말도 안 되는 금액이다.

"그렇습니까?"

노형진의 날카로운 발언에도 야마모토 시즈오는 딱히 놀라지 않았다. 그도 이미 알고 있기 때문이다. 원래 협상이라는 것은, 판매자는 높게 받으려고 하고 구매자는 조금만 주려고 하는 것이니까.

그만 해도 이 5천만 달러라는 돈이 터무니없다는 것을 알고 있다.

'하지만 그 정도는 걸어야 깎아도 어느 정도 챙길 수 있지

않겠어? 더군다나 회사를 팔고 나면 츠카베 타카코에게도
좀 챙겨 줘야 하는데.'

당연히 그런 생각만 하는 게 바로 야마모토 시즈오였다.

하지만 그들이 생각하지 못한 게 있었다.

정확하게는 너무 오랜 시간을 일본 정부의 보호하에 살아
온 터라 주인이 변동되거나 하는 경우가 없었기에 아예 알지
못하고 있던 것이었다.

"물론 저희라고 해서 터무니없는 돈을 드릴 생각은 없습니다."

"그래요?"

"네, 그러니까 제대로 심사를 받고 싶은데요?"

"심사?"

"네, 전문 기업에 기업의 가치를 판단받아야 하지 않겠습
니까?"

그 말에 야마모토 시즈오는 왠지 기분이 묘해졌다.

단 한 번도 자신의 기업의 객관적인 가치에 대해 판단한 적
이 없다. 그런데 외부에서 객관적인 가치에 대해 판단받자니?

"그건 좀……."

왠지 꺼림칙한 기분에 야마모토 시즈오는 살짝 거북스러
워졌다. 하지만 이미 노형진이 그의 약점을 물고 있는 상황
이었다.

"그러면 거래가 불가능합니다."

"불가능하다고요?"

"당연하죠. 세상에 상대방이 달라는 대로 주는 거래는 없습니다. 하물며 객관적인 가치도 없다면 저희가 살 수는 없죠."

"음."

그 말에 기업 간 거래에 대해 잘 모르는 야마모토 시즈오는 츠카베 타카코를 바라보았다. 그가 하루메사의 대표이기는 하나 기업을 사고팔아 본 적이 없으니까.

츠카베 타카코는 고개를 끄덕여 노형진의 말에 긍정했다.

"미스터 노의 말이 맞습니다. 보통 기업의 가치를 판단할 때는 외부 단체에 의뢰합니다."

"그런가요? 그러면 어디다 맡기는 게 좋겠습니까?"

"린고투자라는 곳이 있습니다. 그곳을 통해서……."

"그건 좀 그렇지 않습니까?"

노형진은 린고라는 이름이 나오자마자 바로 말을 끊었다.

'누구를 빡대가리로 아나?'

린고투자라는 곳은 일본 기업으로, 정치권의 입김이 아주 강하게 들어가 있는 곳이다. 당연하게도 일본에서 린고투자라는 곳에서 기업의 가치를 판단하겠다고 하는 것은 그냥 대놓고 '너를 등쳐 먹겠다.'라고 말하는 셈이다.

'내가 누군데.'

일본의 기업 양도에 대해 조금이라도 아는 사람이라면 다 아는 사실인데 노형진이 모를 리가 없지 않은가?

아니나 다를까, 츠카베 타카코는 눈을 찡그렸다. 자신들과

선이 닿아 있는 기업을 안 된다고 단호하게 그어 버리는 걸 보니 아예 글러 먹은 것 같았으니까.

"그러면 설마 마이스터에서 책정하자는 건 아니겠죠?"

"그럴 리가요. 저희는 구매자입니다. 구매자가 그걸 인수한다면서 가치를 판단한다면 제대로 된 가치가 나올 리가 없죠."

"아신다니 다행이군요."

"그러니까 중립적인 곳을 고르는 게 맞을 겁니다."

"중립적인 곳이라고 하면?"

"히트호른 금융에서 하죠."

"히트호른 금융?"

다들 그 말에 고개를 갸웃했다. 그곳은 들어 본 적이 없는 곳이었던 것이다.

"잘 모르실 겁니다. 유럽의 금융사거든요. 정확하게는 네덜란드에 자리 잡고 있습니다."

"왜 그런 곳에서?"

"일본에 있는 금융사는 우리가 못 믿고, 미국에 있는 금융사는 하루메사 측이 믿지 못할 거 아닙니까?"

"확실히 그렇죠."

아무리 미국의 기업들이 중립을 지킨다고 주장해도 현실적으로 마이스터가 미국에 끼치는 영향을 생각하면 그들이 완벽하게 중립을 지킬 거라고 보기는 애매하다.

하물며 미국도 그런데 일본은 어떻겠는가?

물론 지금 야마모토 시즈오가 말하는 것처럼 5천만 달러씩 나올 가능성은 없겠지만 분명 일본을 더 유리하게 할 가능성이 높다.

"하지만 유럽은 아예 관련이 없죠."

그중에서도 네덜란드는 마이스터의 수익에서 아주 큰 비중을 차지하지 않는다.

심지어 히트호른은 마이스터와의 거래가 매년 200만 달러도 되지 않는다.

200만 달러라면 많아 보이지만 히트호른 정도의 회사가 200만 달러라면 하루 거래량도 안 되는 거다.

즉, 마이스터와 아예 관련이 없다고 봐도 무방하니 아주 중립적인 판단을 해 줄 거라는 뜻.

"음, 그런 거라면."

그 말에 야마모토 시즈오는 고개를 끄덕거렸다. 누구도 유리해 보이지 않는 중립적인 거래. 그런 거라면 충분히 받아들일 만했으니까.

하지만 츠카베 타카코만은 왠지 꺼림칙한 얼굴로 반대했다.

"그냥 일본 기업을 쓰시지요. 저희가 잘해 드릴 테니까요."

"잘해 주신다니요. 무슨 용산도 아니고."

"요르산?"

"용산, 아니 하여간 그런 곳이 있습니다. 그리고 저희는 미안한데 히트호른 말고는 추천하는 대안이 없습니다만."

"그건……."

"그러면 다르게 하지요. 유럽의 다른 곳을 고르세요. 히트호른 말고 말입니다. 하지만 일본 기업은 받아들이지 않을 겁니다. 일본 기업을 우기면 솔직히 저희는 이 거래를 그만둘 수밖에 없습니다."

그 말에 츠카베 타카코는 떨떠름한 얼굴이 되었다.

노형진의 말대로 일본 기업을 쓰면 객관적인 판단이 안 되니까.

'하지만 히트호른은 안 돼.'

이런 거래에서 중요한 건 객관적 판단이다. 그런데 마이스터에서 히트호른을 민다는 건 어떤 거래가 있다고 볼 수도 있다.

"그러면 이렇게 하죠."

노형진은 뭔가 생각난 듯 말했다.

"각자 유럽에서 열 곳을 고르는 겁니다. 그리고 그중에서 겹치는 곳 중 하나를 고르는 거죠."

"아하!"

그렇게 되면 공정하다고 볼 수 있다. 각자 유리한 곳을 골라 오겠지만 평행선을 달릴 수 있으니 나름 중립이라 생각하는 곳도 적어 올 테니까.

양쪽 다 중립이라고 생각하는 곳이라면 그곳이 최선이라는 것.

"좋습니다."

"그러면 일주일 후에 만나서 결정하지요."

노형진은 미소를 지으며 웃었다.

⚖️

"아쉽네요. 히트호른이라면 좋았을 텐데."

협상 테이블에서 떠난 데이지 어윈은 당했다는 듯 입맛을 다시며 아쉬워했다.

그러나 노형진은 그런 그녀에게 도리어 전혀 상관없다는 듯 말했다.

"네? 아니요. 애초에 거기는 생각도 하지 않았는는데요?"

"네? 어째서요? 거기는 중립적인 곳 아닌가요?"

"물론 중립적인 곳입니다. 하지만 제가 입에 담았다는 이유 하나만으로 저들은 무조건 거부하리라고 예상했거든요. 그래서 일부러 입에 담은 겁니다."

"네? 어째서요?"

"저희랑 거래가 거의 없는 곳이다 보니까 중립처럼 보이기도 하고 실제로 중립이니까요. 그리고 히트호른은 일본과도 딱히 거래가 없는 곳이라 그들이 보복하기도 힘들거든요."

"그러면 저쪽은 유리한 곳을 고를 텐데?"

"그건 당연하죠. 그래서 제가 그런 조건을 내건 겁니다."

열 곳 중에 하나라는 조건.

"자기들 딴에는 머리를 써서 대부분 유리한 곳을 골라 오겠지만 결국 중립적인 기업 한 곳을 고를 테니까요."

"그게 무슨 말이죠?"

"음, 두 명이 빵을 공정하게 나누는 법에 대해 아십니까?"

"네? 그게 무슨 말이죠? 그냥 반으로 나누면 되잖아요?"

"그런데 그걸 자를 권한이 한 사람에 있다면요?"

노형진의 말에 데이지 어윈은 눈을 찡그렸다. 그러면 그 사람이 다른 사람의 몫을 줄일 수도 있으니까.

물론 해결은 간단하다.

"그러면 다른 한 사람이 고르면 되잖아요?"

한 명이 자르고, 다른 한 명이 고르면 고르는 놈은 큰 걸 고를 테니 자르는 놈은 기를 쓰고 공평하게 자르게 된다.

"네, 그겁니다."

"네?"

"저들은 말입니다, 자기들에게 공정한 대상을 고르기 위해 유럽이라는 함정에 빠진 거죠."

"유럽이 왜요?"

"유럽에서 고래 고기를 먹던가요?"

"거의 안 먹죠, 당연하게도. 극히 일부를 제외하고 말이죠. 그런데 그게 왜요?"

"음식은 말입니다, 한 나라의 정신의 투영과 가깝습니다.

예를 들어 한국에는 큰 김치 공장이 있죠. 한국 사람은 다 아는 곳입니다. 그런데 그곳을 한국 기업과 유럽 기업이 심사하면 그 기준이 같을까요?"

"다른가요?"

"다릅니다."

물론 평가하는 상황에 따라 달라질 거다. 하지만 그 민족이나 나라에 있어서 그 물건이 가지는 가치에 대한 판단은 극도로 제한된다.

"어윈 양의 국적이 어디였죠?"

"저는 독일이에요."

"그러면 독일의 소시지…… 아니, 이건 너무 전 세계적으로 유명하니까…… 아! 슈바인스학세를 중국 기업이 평가한다고 생각해 보세요. 그게 제대로 평가되겠습니까?"

"아, 무슨 소리인지 너무 와닿네요."

독일 입장에서는 전통이 스며 있는 음식이지만 중국 기업 입장에서 슈바인스학세는 그냥 전국에서 흔히 파는 수많은 족발 요리 중 하나일 뿐이다.

"잠깐, 그러면?"

"네. 애초에 말입니다, 유럽이라는 것 자체가 함정이었습니다, 히트호른이 아니라."

미국도 공평하지 않다. 일본도 공평하지 않다는 이미지를 심어 주고 다른 곳을 고르게 해야 한다.

그런데 중국이나 한국은 대놓고 일본을 싫어하니 패스.

동남아 쪽 기업들은 일본인들이 아직도 깔보는 상황이니 패스.

"남은 곳은 유럽뿐이군요."

"맞아요."

노형진의 함정에 빠진 일본의 입장에서는 선택지가 유럽뿐이다.

"유럽이 자연보호적인 영향이라는 건 둘째 치더라도 말입니다. 절대로 일본 전통문화로써의 고래 포경을 이해하지 못할 겁니다."

그리고 그들은 오로지 그간의 매출을 기준으로 판단할 거다. 그런데 지금 일본 포경 산업은 바닥으로 뚫고 들어가는 상황.

"특히 지난 5년간 추락은 아예 통제 불능 수준이죠."

주당 10만 원에 정체된 주식보다 주당 10만 원까지 떨어진 기업이 가치판단에서는 더 불리하다.

왜냐, 최소한 정체된 주식을 가진 회사는 현상 유지 중이지만 10만 원까지 떨어진 회사는 추락하고 있으니까.

"다른 곳도 그런 식으로 기업들을 판단하고 나면 그 가치를 공개해야 하지요."

그래야 거래가 가능하니까.

"그러면 일본 포경 산업의 실체가 까발려지겠네요, 노 변호사님이 말씀하신 것처럼."

"저는 가만히 있겠지만요."

이미 전 세계가 마이스터를 욕하고 있고 그 핵심에는 일본 포경 기업들이 있다. 그런데 과연 전 세계 기업들이 그 가치에 대해 언급하지 않을까?

"기업의 가치가 시궁창에 보낸다는 거…… 가능했군요."

노형진이 일본 기업의 가치부터 바닥으로 보내 버리자는 말을 했을 때 이사벨 로자니뿐만 아니라 데이지 어원도 쉽게 믿지 못했다.

하지만 지금 모든 것이 노형진의 말대로 굴러가고 있었다.

"그리고 이건 심각한 문제가 될 거거든요."

"네? 어째서요?"

"작은 곳을 구입한다고 하지 않았습니까?"

"그렇죠?"

"그 후에 일본에 제소할 거거든요."

노형진의 말에 데이지 어원은 눈이 커졌다.

"일본은 곤혹스러울 겁니다, 후후후."

⚖

결과적으로 노형진의 예상대로 일본은 적당한 곳을 선정 했다. 바로 그리스에 자리 잡은 칼리돈 금융그룹이라는 곳이었다.

아예 마이스터와 거래 자체가 없는 곳이고 일본과도 거래가 없는 곳이다 보니 철저하게 중립을 지킬 수 있다고 생각했기 때문이다.

그리고 일본의 포경 기업들은 모두 그곳에서 한꺼번에 평가받기 시작했다.

물론 거기까지는 딱 일본의 포경 기업들이 원하는 거였다.

그러나 칼리돈그룹에서는 한 가지를 확실하게 지적하고 넘어가자 일본 입장에서 일이 이상하게 굴러가기 시작했다.

"그러니까 일본 정부에서는 언제까지 지원이 가능합니까?"

칼리돈에서 어느 정도 심사가 진행되자 가장 먼저 확인한 것은 다름 아닌 일본 정부의 지원이었다.

애초에 일본 정부에서 지금의 포경 기업의 숨통을 붙여 둔 상황이었으니 칼리돈그룹의 가치 판단의 핵심이 될 수밖에 없었던 것.

"지원이라니요?"

그런데 정작 츠카베 타카코는 당연하다는 듯 대답했다.

"당연히 지원할 이유가 없죠."

"네? 지원하지 않는다는 말씀이십니까?"

"당연한 거 아닌가요?"

마이스터에 하루메사가 팔리면 그때는 일본 기업이 아닌 해외 기업이 된다. 그렇다면 일본 기업들처럼 특혜를 줄 이유가 없다.

더군다나 지금 하루메사를 비롯한 회사들은 막대한 뇌물을 정치인들에게 주고 있다. 그런데 과연 마이스터가 뇌물을 줄까? 물론 안 주지는 않을 거다.

문제는 이 마이스터라는 기업의 성질이다.

그들이 돈을 안 주는 건 아니다. 분명 준다.

실제로 한국에서도, 미국에서도 정치자금을 안 주지는 않는다. 문제는 그게 뇌물이 아니라 진짜 정치자금이라는 거다.

법적으로 정부에 보고가 올라가는, 그래서 정치 목적 외에는 쓰지 못하는 돈 말이다.

그런데 일본의 정치인들이 원하는 건 그런 정치자금이 아닌 뇌물이다.

자신들이 챙겨서 꿀꺽할 수 있는 그런 돈.

그러니 당연히 츠카베 타카코를 비롯한 의원들은 도와줄 이유가 없다.

"진짜로 지원을 거부하시는 겁니까?"

"거부하는 게 아니라 애초에 법의 대상이 아닙니다. 마이스터에서 해당 기업을 인수하면 그건 해외 기업이지, 일본 기업이 아니에요."

"음……."

물론 이건 말도 안 되는 소리다. 왜냐하면 보조금은 그 산업의 지원을 위한 것이지, 그 기업의 진흥을 위한 게 아니기 때문이다.

예를 들어 한국에서 전기차 보조금을 지급하는 건 전기차의 보급과 자연보호가 목적이기에 전기차의 제조사와 상관없이 그 돈을 지급한다.

실제로 한국에서 전기차를 사면 그게 미국제든 중국제든 한국제든 무조건 보조금이 지급된다. 미국도 마찬가지다.

미국과 한국이 대대적으로 충돌한 원인이 뭔가? 한국은 미국의 전기차에 보조금을 주는데 미국에서 갑자기 자국산이 아니면 보조금을 안 준다고 해서 국제법상의 상호주의 원칙에 어긋나서가 아니던가?

'하지만 지들이 어쩔 건데.'

그런데 이 문제는 애매한 게, 고래 고기를 먹는 나라가 극도로 제한되어 있다는 것이다. 그러니 고래 고기에 보조금을 주는 나라 역시 없다.

유일하게 일본만 전통 보호라는 명목으로 고래 고기를 잡아 오는 포경 기업에 돈을 지급한다.

그런데 그런 상황에서 포경 산업이 해외로 넘어갔으니 그 기업에 돈을 줄 이유가 없다.

"그렇군요."

하지만 그 말에 칼리돈의 직원은 더 이상 묻지도 않았다. 왜냐하면 그의 업무는 가치를 판단하는 거지, 그걸 높이거나 하는 게 아니니까.

"그러면 그와 관련된 진흥법의 유지는 어떻게 됩니까?"

"글쎄요?"

사실 고래와 관련된 진흥법도 진짜 고래를 먹기 위해서가 아니다. 뭘 먹든 이들에게는 관심이 없다, 다 돈이 목적이지.

"법이야 딱히 없앨 이유는 없죠."

물론 그 법에 따라 고래 고기를 공급하는 건 전혀 다른 문제이긴 하다. 애초에 진흥법이라는 게 안 먹으면 처벌하는 게 아니라 '가능하면 드세요.'라는 개념이라 당연히 그걸 다른 곳들이 지키지 않아도 강제할 수는 없는 것이었다.

"그렇군요."

칼리돈의 직원은 그 말을 그대로 받아 적었다.

그리고 몇 가지를 더 확인한 후에 자리에서 일어났다.

"설문에 응해 주셔서 감사합니다."

"별말씀을요."

"그러면 이만."

칼리돈의 직원이 떠나자 츠카베 타카코는 뭔가 꺼림칙한 얼굴로 그가 나간 문을 바라보았다.

"도대체 뭘 원하는 거지?"

그녀 입장에서 이 상황이 이해가 가지 않았다. 진짜로 모든 게 기업을 인수하기 위해 굴러가고 있었으니까.

그리고 그 결과는 얼마 가지 않아 드러났다.

"뭐? 고작 120만 달러라고!"

보고서를 받아 든 야마모토 시즈오는 얼마나 흥분했는지 손과 발을 부들부들 떨었다.

한화로 15억 정도. 그가 지금 대표로서 1년에 받는 돈이 대략 14억이니 거의 1년 연봉 정도 말고는 받지 않는다는 소리였다.

당연하게도 야마모토 시즈오는 그걸 받아들일 수가 없었다.

"뭔 말도 안 되는 개소리야! 못해도 5천만 달러는 줘야지!"

"아니요. 우리는 그렇게 판단하지 않습니다."

야마모토 시즈오가 뭐라고 하든 칼리돈의 판단은 변하지 않았다.

"현시점에서 하루메사 포경산업의 주요 매출원인 포경 산업은 완전히 바닥으로 떨어지고 있고 매출은 제로를 넘어서 매년 마이너스가 확실시됩니다. 이미 자본잠식 상태로 정부의 지원 없이는 은행에 원금은커녕 이자조차도 낼 수 없는 상황입니다. 또한 정부에서는 추가적인 지원을 끊어 낼 거라고 이야기하고 있는데, 현재 시장에서 고래 고기의 매출은 과거의 80% 이상 줄어들었고 앞으로 늘어날 가능성은 없어 보입니다."

"아니, 정부에서는 지원책을……."

"그래서 말씀드리는 겁니다. 하루메사 포경산업의 1년 매출은 대략 95억. 그중에서 43억이 정부 보조금이니 실수익은 52억입니다. 문제는 하루메사 포경산업의 적자가 매년 70억씩 나고 있다는 거죠. 즉, 정부의 지원이 없다면 현시점 기준 하루메사 포경산업은 매년 18억의 적자가 확정적입니다."

"그런……."

"더군다나 정부에서는 하루메사 포경산업이 판매되는 경우 일본 정부는 자국 기업이 아니라는 이유로 지원을 거절하였습니다. 이는 즉, 거래가 이루어질 경우 내년부터 18억 이상의 적자가 매년 확정적으로 발생한다는 겁니다."

그 말에 야마모토 시즈오는 아무런 말도 못 했다.

그 사실을 모르지는 않으니까.

매년 막대한 뇌물을 정치인들에게 준 이유가 뭔가? 정부의 돈으로 적자를 메꾸기 위함이 아니던가?

"더군다나 국제적으로 고래 고기의 소비가 줄어들고 있는 상황이니 수출도 불가능하고요. 일본의 고래 고기의 가격은 너무 비쌉니다."

만일 고래 고기가 쌌다면 그 남아도는 고기를 페로제도에 수출하면 되었을 거다.

하지만 페로제도는 돈이 없는 가난한 동네라 다른 나라에서 상대적으로 싼 소고기나 돼지고기조차도 수입 못 해서 고래를 잡아먹는 실정이다.

그런데 비싸서 일본에서조차도 점점 먹는 사람이 줄어들고 있는 고래 고기를 수입한다? 그건 불가능하다.

"시장은 사실상 소멸되고 있고 재고는 너무 많아서 늘어나고 있습니다. 쌓여 있는 재고로 인해 현실적으로 추가적인 포경이 불필요한 수준이지만 그걸 알면서도 정부의 보조금을 받기 위해 수년간 포경해 왔죠."

그 말에 야마모토 시즈오는 눈동자가 흔들렸다. 지금까지 누구에게도 말하지 못했던 현실이 눈앞으로 닥쳐왔으니까.

"현재 일본 시장에 풀린 고래 고기의 양은 현재 소비량을 기준으로 대략 5년 치. 다시 말해서 앞으로 5년간 정부의 지원 없이 해당 분량을 소비해야 한다는 건데, 아무리 냉동시설이 발달했다지만 고기의 상태가 5년간 계속 동일할 수는 없을 테니 아마 대부분의 고기는 그 이전에 폐기 처리될 겁니다. 그렇다면 저희가 지금 자산으로 측정한 재고품이 확정적으로 품질 저하로 인한 판매 불가 등의 사태가 발생할 거고, 그 분량은 못해도 매년 20% 정도는 되겠지요. 그 말은 기업의 자산이 줄어든다는 뜻이며 그 소각 및 사후 처리 비용의 증가로 이어질 거라는 뜻입니다. 그걸 막기 위해서는 기업은 앞으로 최소 5년간 포경 활동을 멈춰야 한다는 건데, 그건 정부의 지원이 있다고 하더라도 5년간 지원이 끊어진다는 걸 의미하죠. 하물며 일본 정부는 앞으로 지원이 없다고 못 박았으니 기업이 몸집을 줄이기 위해서 5년간 경영활동을 못한다는 소리인데, 그런 괴상한 구조의 기업이 버틸 수 있다고 보기는 힘들죠."

"그……."

"그리고 5년 후에 다시 포경 사업을 시작한다 해도 결과적으로 시장은 한정되어 있는데 경쟁자는 많죠. 흑자로 돌아가는 것은 불가능합니다."

"아니, 우리가 가진 배가……."

"대부분의 선령이 20년이 넘어 폐선 직전이고 최근에 건조한 3척의 포경선은 현실적으로 은행의 담보로 잡혀 있죠. 문제는 포경선이라는 게 시장에서 거의 인기가 없는 매물이라는 거죠. 즉, 은행이나 하루메사에서 팔고 싶다고 해도 전 세계적으로 포경하는 국가는 거의 없다시피 하고 특히 저런 초대형 선박을 이용해서 포경 산업을 하는 곳은 일본이 거의 유일합니다. 그 말은 해당 선박이 판매될 가능성이 높지 않으며 고철로 처분될 가능성이 높다는 거죠."

계속되는 카운터 공격에 야마모토 시즈오는 휘청거렸다.

"해당 선박을 고철로 판단해서 처분한다고 하면 여전히 하루메사 포경산업이 은행이 지고 있는 빚은 유지되기 때문에 그걸 갚아야 하죠."

"그러면 120만 달러라는 돈은……."

"선박의 가치도 마이너스. 미래 산업으로써의 가치도 마이너스. 시장의 성장성도 마이너스고 기업의 자금도 마이너스입니다. 120만 달러라는 돈은 사옥이 그나마 가치가 상승할 가능성이 높다고 판단해서 그런 겁니다."

"사…… 사옥?"

"그렇습니다."

그 말에 야마모토 시즈오는 부들부들 떨었다.

그러니까 지금 모든 걸 다 감안하고 현시점에서 다 정리할 경우 남는 건 고작 12억뿐이라는 소리였다.

"그나마도……."

하지만 잔인한 팩트 폭력은 그걸로 끝나지 않았다.

"그, 나마도?"

"네, 그나마도 본사 선물의 값어치도 건물로써의 값어치는 너무 오래되어 보기 힘든데 땅값에 대한 가치가 오른 겁니다."

아이러니하게도 그들의 본사가 오랜 시간이 흐르면서 나름 노른자위 땅이 되어서 그 정도의 값어치가 가능했다는 것.

그 말에 야마모토 시즈오는 어이없다는 듯 흉악하게 얼굴을 찌그렸다.

"안 팔아, 쌍!"

⚖️

"원래 이렇게나 가치가 없었다고요?"

데이지 어윈은 어이없다는 표정으로 말했다.

야마모토 시즈오는 억울해 죽으려고 했지만 그나마 하루메사는 가치가 높게 측정된 상황이었다.

다른 기업들은 120만 달러는커녕 그냥 대놓고 줘도 안 가지는 상황이 되어 버린 곳도 있었다.

아예 정부 보조금으로 산소호흡기를 달고 있는 구조였던 것.

"이런 기업들을 보통 좀비 기업이라고 합니다. 의외로 이런 좀비 기업들이 많죠."

"아니, 왜 이 지경이 되도록 운영하는 거죠?"

"내 돈이 아니거든요."

"네?"

"내 돈이 아니니까 운영하는 겁니다. 한국도 이런 좀비 기업은 많아요."

자본 잠식 상태로 어찌어찌 숨만 달랑달랑 붙여 두고 기업의 형태로 굴러가는 기업들. 아마 사람들은 그런 좀비 기업이 얼마나 많은지 알면 눈이 휘둥그레질 거다.

"회장 입장에서는 말입니다, 그냥 가만있으면 월급이 나오거든요. 직장인 입장에서는 어찌 되었건 월급은 나오니까요."

"하지만 그 돈을 준 은행은요?"

"그게 문제입니다."

은행 입장에서는 이 기업이 망하면 돈을 받지 못한다.

그러면 그 책임은 그 책임자나 행장이 져야 한다.

"300억을 빌려준 은행 입장에서는 말입니다, 해당 기업이 망하면 그 돈을 날리는 겁니다."

"그거야 그렇죠."

"그런데 제가 아까 그랬죠, 좀비 기업은 한둘이 아니라고?"

"네."

"그러면 300억짜리 기업 열 개가 망하면 손실은 3천억이 됩니다."

"아……."

그 정도면 아무리 은행이라 해도 타격을 피할 수가 없다. 그러면 그 타격을 어떻게 피할까?

"원금과 이자를 최소한을 받아 내면서, 아니 최소한 이자만이라도 받아 내면서 버티는 거죠."

그러면 그 회사는 여전히 영업 중이고 손실에 포함되지 않는다.

"돈이 현물이 아닌 숫자로 취급되니까 벌어지는 일입니다."

그렇기에 그렇게 존재하는 좀비 기업들은 계속해서 돈을 돌려 막으면서 삶 자체만 유지한다.

"그리고 일본의 포경 산업은 그러한 좀비 기업이죠."

이미 알아볼 만큼 알아본 상황이었다.

일본은 정부의 지원 없이는 존재는커녕 살아남을 수조차도 없다.

"하지만 아무리 좀비 기업이라 해도 그 기업을 팔기 위해

실사가 들어가면 드러날 수밖에 없고요."

"맞습니다."

그런 좀비 기업들은 평소에는 드러나지 않는다. 하지만 실사가 드러나면 숫자가 아닌 돈이라는 기준으로 판단되고, 그 시점부터 좀비 기업들은 자신들을 감출 수가 없게 된다.

"제가 망하게 한다고 했죠?"

"하지만 이게 망한 건 아니지 않나요? 안 팔면 그만인 것 같은데요?"

분명 일본의 포경 기업들이 망할 것같이 위태위태한 상황인 건 사실이다. 하지만 애초에 이 모든 게 판매라는 목적으로 이루어진 일인 만큼 팔지 않으면 바뀌는 건 없다.

그렇게 데이지 어원은 생각하는 모양이었다.

그런 그녀를 바라보며 노형진은 고개를 저었다.

"아니죠."

"네?"

"좀비 기업이 살아남기 위해 가장 중요한 건 바로 좀비 기업이라는 걸 걸리지 않아야 한다는 겁니다."

"그래요?"

"네, 산 사람들 사이에 좀비가 있는데 사람들이 그걸 가만두겠습니까?"

"하긴, 그러지는 않겠네요."

"좀비 기업도 마찬가지죠. 쉽게 말해서 좀비 기업은 진즉에 망했어야 하는데 아직 망하지 않은 기업일 뿐입니다."

그리고 그게 드러나지 않았을 뿐이다.

"그래서 기업들은 그걸 감추기 위해 분식 회계를 하거나 하는 거죠."

분식 회계라는 걸 하는 이유는 간단하다. 자기들이 돈을 잘 벌고 있다고 속여야 살아남을 수 있기 때문이다.

이건 일본만의 문제가 아니라 한국이나 미국도 마찬가지다. 전 세계에서 분식 회계 문제를 겪어 보지 않은 나라가 없을 정도다.

한국의 경우는 IMF 때 조사해 보니 분식 회계를 하지 않은 기업이 없다시피 했다.

"웃긴 건 그거죠. 기왕 분식 회계를 할 바에는 크게 한다는 거죠."

"네? 어째서요?"

"그러면 대출이 더 나오거든요."

"대출이 더 나온다고요?"

"네, 좀비가 사람처럼 굴려면 돈이 많이 듭니다."

멀쩡하게 월급도 줘야 하고 이자도 줘야 하고 거래처에 돈도 줘야 한다.

그 돈이 어디선가 나와야 한다.

그렇기에 분식 회계를 통해 돈을 융통한다.

좀 극단적으로 비유하자면, 직원이 천 명쯤 되는 어떤 기업이 '우리 기업은 매년 천만 원의 적자가 발생하고 있지만 특허도 있고 건실합니다. 조금만 노력하면 흑자로 돌아설 수 있습니다.'라고 양심적으로 호소해도 대출은 나오지 않는다.

직원이 천 명쯤 되는 기업에서 매년 천만 원의 적자는 큰 영향을 줄 금액도 아니고, 그걸 유지할 정도면 충분히 생존 가능성이 높은데도 말이다.

그러나 똑같이 직원이 천 명인 기업이 '우리는 매년 매출이 한 300억쯤 되는데 한 1천억쯤 빌릴 수 있을까?'라고 말하면 대출은 반드시 나온다.

왜냐, 거기는 300억이라는 매출이 있으니 건실한 기업이라고 판단하기 때문이다.

"하지만……."

그런데 그 말을 듣고 있던 데이지 어윈은 뭔가 이상하다는 생각이 들었다.

비록 그녀가 상업이나 기업의 운영에 대해서는 잘 모른다지만 그렇게 문제가 되는 분식 회계라면 전 세계에서 그걸 막기 위해 복잡하고 어려운 과정을 만들어 놨을 거다.

실제로 한국도 IMF 당시에 분식 회계로 나라가 박살 난 후로 전처럼 분식 회계를 하는 게 쉽지 않아졌다. 더군다나 한국은 모든 게 다 전산으로 처리되기에 더 어렵다.

"그걸 정부가 그냥 두고만 보지는 않을 거 아니에요?"

"당연하죠."

"그런데 그거랑 이번 일이 무슨 관계가 있죠?"

"일단 첫 번째, 분식 회계를 하기 위해서는 주위의 도움이 필요합니다. 말씀하신 것처럼 그걸 경계하는 시스템은 제대로 된 나라라면 다 있거든요."

세무서에서도 그렇고 정부에서도 그렇고 심지어 은행에서도 분식 회계를 확인하기 위해 온갖 과정을 준비하고 방어하려고 한다.

그런데 어떻게 그게 가능할까?

그 답은 생각보다 간단했다.

데이지 어윈이 미간을 찡그리며 말했다.

"정치인들…… 그리고…… 권력자들."

"네, 맞습니다. 설마 정부에 압박해서 정부 보조금을 주는 정치인들이 이런 분식 회계에 관련해서 아무것도 안 했을 리가 없죠."

전화 한 통이라도 했을 테고 그 결과 대출이 이루어졌을 거다.

"그리고 그 좀비 기업들이라는 걸 은행이나 채권자가 알게 되겠지요."

"아아~."

당연하게도 그들은 기겁하면서 자신들의 돈을 찾으려고 할 거다.

좀비 기업이 살아남기 위해서는 돈이 필요하다. 그런데 그 돈을 빼앗기기 시작하면?

"개판이 되는 거죠, 후후후."

노형진은 자신의 계획에 따라 모든 게 굴러가자 자신감에
찬 미소를 지었다.

"다 좋아요. 그런데 이걸 우리가 떠들 수는 없잖아요?"

노형진의 말에 데이지 어원이 맹점을 지적했다.

"제가 상업에 대해 잘 아는 건 아니지만 이런 사실은 보통
기밀로 취급되지 않아요? 그러지 않고서야 분식 회계라는
게 그렇게나 안 걸릴 리가 없잖아요?"

"그건 그렇죠."

기업의 재산 내역이나 대출 내역 등 해당 내역은 기업 내
부에서 아주 중요한 기밀로 분류된다. 어느 정도 공개되는
것은 사실이지만 자세한 내역은 분명 내부 기밀이기는 하다.

예를 들어 대룡이 얼마를 벌었는지는 공시되지만 어디서
얼마를 벌었고 지출이 얼마고 그중에서 자금이 어디로 흘렀
는지 같은 건 공개되지 않는다.

"우리가 그걸 알았다고 해서 전부 떠들 수는 없을 것 같은
데요? 칼리돈도 금융회사이니 그걸 터트릴 만큼 막 나가지
는 않을 테고요."

"맞습니다. 마이스터나 칼리돈이 그 사실을 밝힐 리가 없죠."

"그러면 어떻게 문제 삼으려고요?"

"저희가 엿 먹기를 간절하게 바라는 곳들이 있지 않습니까?"

노형진은 싱글벙글 웃었다.

"기자들도 나름 정보력이 있는 사람들이거든요. 아마 신나게 씹어 댈걸요."

⚖️

마이스터, 투자 실패 확정

일본의 포경 산업, 사실상 좀비 상태

수년간 흑자 기록. 그러나 현실은 적자?

곳곳에 보이는 분식 회계의 흔적. 마이스터, 멍청한 선택을 두 눈으로 확인하다

포경 산업은 전 세계에서 부정적으로 보고 있는 산업이다.

그런데 마이스터가 굳이 거기에 진출하려다가 제대로 실패했다고 생각하자 각 언론사들은 신나게 그걸 떠들었다.

실제로 마이스터가 손해 본 건 아니었다. 비용이 얼마간 들어가긴 했지만 마이스터 입장에서는 아주 작은 필요 경비였을 뿐이다.

그랬기에 마이스터는 문제 될 게 전혀 없었다.

그저 욕만 아주 약간 먹었을 뿐이다.

정작 문제가 되는 건 마이스터가 아닌 일본이었다.

"오사무 상, 오해입니다. 분식 회계라니요. 저희는 절대로

분식 회계를 한 적이 없습니다."

―아니, 지금 전 세계에 언론에서 떠드는 거 모르세요?

"오해가 있었던 겁니다. 저희는……."

―그런 거라면 오히려 해결하기가 간단하지 않나요? 칼리돈에서 제출한 조사 자료를 보여 주면 되는 겁니다.

"그건 저희 기밀인지라……."

―이미 마이스터에서는 인수를 고민하는 눈치던데 누굴 속이려고 하는 겁니까?

"오사무 상, 아닙니다. 이건 오해입니다. 저희는 문제가 없습니다."

―그러면 정부에서 지원이 끊어져도 충분히 자생할 수 있단 말이오?

"그거야 당연하죠."

―그런데 왜 그 자료를 못 주는 거요?

"그 오사무 상…… 저희가…… 여보세요? 여보세요?"

―뭐라는 겁니까?

"오사무 상…… 지금 여기가…… 여보세요? 바다라 안 터지는…… 여보세요……? 나중에 다시…… 연락……."

어설픈 연기를 하던 야마모토 시즈오는 그대로 핸드폰을 내동댕이쳤다.

"이런 씨팔!"

어디서 새어 나간 건지 알 수가 없었다.

처음에는 마이스터에 뿌린 줄 알았다. 하지만 마이스터는 그걸 뿌릴 이유가 없다고 발뺌했다.

그리고 칼리돈도 마찬가지라며 펄쩍 뛰었다.

확실히 금융회사들에 있어 믿음은 아주 중요한 거니까.

"젠장!"

문제는 그 자료가 새어 나갈 구멍이 너무 많다는 거다.

누군가가 내부자에게 돈을 주고 빼 달라고 했다면 그걸 추적하는 건 불가능에 가깝다.

더군다나 하필이면 칼리돈이나 마이스터나 죄다 외국 기업. 일본의 경찰에 신고해 봐야 해 줄 수 있는 게 하나도 없다.

"빌어먹을 마이스터!"

물론 전 세계는 마이스터의 무능을 비웃는 용도로 쓰고 있지만 중요한 건 그 바람에 자신들이 분식 회계를 하고 돈을 빼돌린 게 드러나고 있다는 것이었다.

"이걸 어떻게든 막아야 해."

그는 다급하게 바닥에 내던졌던 자신의 핸드폰을 들었다.

하지만 핸드폰은 이미 박살 나 있었기에 눈을 찡그리다가 바로 부하를 불렀다.

"아소타로, 핸드폰 내놔!"

"네?"

"핸드폰! 빌려 달라고! 빨리!"

"네, 대표님."

그 말에 부하는 자신의 핸드폰을 내밀었고, 야마모토 시즈오는 기억력을 더듬어서 츠카베 타카코의 전화번호를 기억해 내서 바로 전화를 걸었다.

-여보세요?

"저 야마모토입니다, 츠카베 의원님!"

-내가 당분간 전화하지 말라고 했잖아요! 이건 누구 번호예요?

"제 부하입니다. 제발 한 번만 도와주십시오! 지금 상황이…….."

-제가 왜 전화하지 말라고 했는지 몰라서 그래요? 지금 전 세계에서 떠들고 있는데 뭘 도와요!

일본 내 언론사라면 그냥 전화 한 통이면 끝날 일이다.

츠카베가 전화 한 통만 하면 기사가 싹 사라질 테고 내일부터 하루메사 포경산업은 모든 일이 벌어지기 전으로 돌아가게 될 것이었다.

하지만 지금 떠드는 건 해외 언론사들이다. 그것도 한두 곳이 아니고 거의 모든 주요 국가들이 마이스터가 투자에 실패했다면서 조롱하며 마이스터가 자본에 굴복한 업보라고 떠들고 있다. 그 바람에 덮으려야 덮을 수가 없었다.

-지금 상황에서 곤란한 건 우리라고요!

분식 회계를 도와준 것, 그리고 대출을 알선해 준 것.

그 모든 걸 도와준 츠카베 타카코 입장에서는 날벼락도 이런 날벼락이 없었다.

국민들이 아무리 그래도 바보도 아니니 그 뒤에 츠카베 타카코와 같은 국회의원이 있다고 생각하고 있고, 실제로 일본 검찰은 슬슬 수사를 위해 움직이고 있었다.

일이 이렇게 커진 이상 꼬리를 자르기 위해서라도 츠카베 타카코 같은 사람들을 잡아넣어야 하기 때문이다.

─미안한데 다시는 연락하지 말아요. 우리는 모르는 사이니까.

"의원님! 의원님!"

─내가 분명히 경고했을 텐데요, 노형진을 조심하라고! 그런데 이게 뭐예요!

츠카베 타카코는 더 이상 말하지 않고 그대로 전화를 끊어 버렸다.

야마모토 시즈오는 그대로 다시 한번 핸드폰을 집어 던져서 박살 냈다.

"씨팔!"

그는 이제야 후회하고 있었지만 모든 게 늦어 버렸다. 이런 꼴이면 내년부터 정부의 지원을 받는 것도 물 건너간 상황.

"야, 다 모여!"

"네."

부하들은 대표실로 들어오기 시작했고 그 와중에 아소타로는 박살 난 자신의 핸드폰을 보면서 똥 씹는 얼굴이 되어 버렸다.

"돈 구해."

"네?"

"뭔 짓을 해도 좋아. 무슨 수를 써서라도 돈을 구해. 알겠어?"

"갑자기 말입니까?"

"갑자기고 뭐고 무조건 구하라고! 무슨 수를 써서라도!"

야마모토 시즈오는 부하들에게 고래고래 소리를 질렀다. 그러나 누구도 방법을 생각해 내지 못했기에 그저 침묵만을 지킬 뿐이었다.

다음 권으로 이어집니다

꿈의 도약, 로크에서 하십시오
(주)로크미디어에서 신인 작가를 모십니다

즐거운 세상, 로크미디어는 꿈을 사랑하고 도전을 두려워하지 않는 작가 분들의 참신한 작품을 기다리고 있습니다. 21세기 장르 문학계를 이끌어 갈 차세대 선두 주자 (주)로크미디어에서 여러분의 나래를 활짝 펴 보시길 바랍니다.

모집 분야 판타지와 무협을 포함한 장르 문학
모집 대상 아마추어 작가, 인터넷 작가
모집 기한 수시 모집

작품 접수 시 유의 사항

1. 파일명은 작가명_작품명.hwp형식을 갖춰 주십시오.
1. 파일에 들어갈 내용은 다음과 같습니다.
    - 성명(필명인 경우 실명을 밝혀 주세요), 연락처, 이메일 주소
    - 제목, 기획 의도
    - A4용지 1장 분량의 등장인물 소개
    - A4용지 2장 분량의 전체 줄거리
    - 본문
1. 작품이 인터넷에 연재되고 있다면, 게시판명과 사이트의 구체적이고 정확한 주소를 기재해 주십시오.

선택된 작품은 정식 계약 후 출판물로 간행되어 전국 서점에 유통됩니다.
작가 분은 (주)로크미디어의 전폭적인 지원하에 전속 작가로 활동하시게 됩니다.
※ 자세한 내용은 로크미디어 홈페이지(rokmedia.com)를 참조하세요.

(04167)서울시 마포구 마포대로 45 일진빌딩 6층
(주)로크미디어 편집부 신간 기획 담당자 앞
전화 : 02) 3273-5135
www.rokmedia.com   이메일 : rokmedia@empas.com